Annette G. Krupka

Phobie

11 Fall um Katherina "Kate" Schulz

Impressum

© 2021 Annette Gisela Krupka
Herstellung und Verlag: BoD – Books on Demand,
Norderstedt
ISBN 9783754375112

Das Buch

Was ist deine größte Angst?

Kathleen Fischer stirbt, angekettet, außen am Geländer der Syratalbrücke. Ihr Mann sagt der Polizei, dass seine Frau unter einer furchtbaren Höhenangst gelitten habe. Für Hauptkommissar Mike Köhler und sein Team ein Rätsel. Wer tat das der allseits beliebten Erzieherin an?

Dann gibt es einen zweiten Toten, Benjamin Haase, ein junger Mann, der wegen seiner Klaustrophobie in psychologischer Behandlung war. Er wurde in einer kleinen Kiste gefangen gehalten. Damit bewahrheitet sich der schreckliche Verdacht von Mike Köhler. Es scheint wieder ein Serientäter in Plauen aktiv zu sein, doch dieses Mal gibt es kein greifbares Motiv, auch nicht, als der nächste Mord geschieht.

Schließlich ist es Kate Schulz, die eine Verbindung entdeckt. Eine Erkenntnis, die ihr zum Verhängnis werden kann.

Kapitel 1

Wie war er eigentlich auf die irrsinnige Idee gekommen, joggen gehen zu müssen? Wieso quälte er sich in seinem Alter jeden Morgen aus dem Bett, um wie ein Esel hinter einer vorgehängten Möhre herzulaufen? Ach ja, es hatte damit begonnen, dass Miriam, seine Frau, das, was er immer scherzend seinen „Wernesgrüner Muskel" genannt hatte, als Wampe bezeichnete. Na gut, sie hatte auch nach über fünfundzwanzig Jahren Ehe ihre Figur behalten.

Sie ging ja auch schon seit vielen Jahren regelmäßig zum Sport, neuerdings neben dem Tennis zu Zumba. Wenn es ihr Spaß machte, gut, sollte sie.

Aber dann bemerkte er, wie sie die durchtrainierten Kerle ansah, WIE! Da klingelten bei ihm die Alarmglocken. Ja, er hatte sich gehen lassen. Hier ein Bierchen, dort eine Roster, da ein Steak, es läpperte sich. Verflixt, die Kilos waren schneller drauf gewesen, als sie bereit waren sich wieder zu verabschieden.

Jetzt rannte er schon seit zwei Wochen und was hatte er abgenommen? Zwei Kilo. Zwei!

Schnaufend, wie eine Dampflokomotive, nahm er einen kleinen Anstieg. Noch bis zur Syratalbrücke, dann würde er umdrehen. Vielleicht würde er rückwärts beim Bäcker... Er schüttelte den Kopf. Nein, kein Bäcker. So wie sein Magen knurrte, wäre das jetzt die ultimative Katastrophe.

Gerade wollte er kurz stehen bleiben, als ihm auf dem Weg eine Frau entgegengejoggt kam.

Ihre Bewegungen waren gleichmäßig und harmonisch. Sie schien sich überhaupt nicht anstrengen zu müssen, obwohl er kleine dunkle Flecken rechts und links an den Achseln bemerkte. Also schwitzte sie auch.

Unwillkürlich straffte er sich, als sie in seiner Höhe war. Aber auf ihr fröhliches „Guten Morgen" brachte er nur ein Krächzen zustande und musste stehen bleiben. Die Frau stoppte ebenfalls und sah ihn besorgt an. „Alles in Ordnung?", fragte sie.

Er hustete etwas und nickte. „Ja...danke."

Mit einem Stirnrunzeln musterte sie ihn.

„Sie laufen wohl noch nicht so lange? Sie sollten sich nicht überanstrengen", sagte sie schließlich und löste eine Flasche von ihrem Gürtel, den sie um die Taille trug. „Nehmen sie ruhig einen Schluck."

Er kam langsam wieder zu Atem und nahm die Flasche dankbar an. Das Getränk war frisch, leicht süß und hinterließ einen Geschmack nach Minze in seinem Mund.

„Danke", sagte er, um einen festen Ton bemüht und reichte ihr die Flasche zurück. „Sehr lecker."

Sie lächelte. „Meine Eigenkreation eines Iso Drink. Sie sollten immer etwas dabeihaben", mahnte sie nochmals.

Er nickte. Sein Gegenüber wirkte fit und durchtrainiert, da konnte ihn der Neid packen. „Sie laufen wohl schon länger?", fragte er und sie zuckte leicht die Schultern. „Schon über dreißig Jahre, also haben sie mal kein schlechtes Gewissen, das wird schon

noch. Und immer daran denken, nicht viel hilft viel."
Sie nickte ihm zu und rannte weiter, während er ihr
seufzend hinterher sah.

Ihr Körper schien sich im Einklang mit jeder ihrer Bewegungen zu befinden, er musste auf sie wie ein absoluter Stümper gewirkt haben. Achselzuckend
wandte er sich wieder seinem Weg zu und versuchte,
seinen Trab zu finden, als er bemerkte, dass er schon
fast an der Syratalbrücke, seinem Etappenziel, angekommen war.

Erleichtert blickte er nach oben und wäre fast gestürzt. Was sollte denn das? Ein zugegeben makabrer
Scherz. Jemand hatte eine lebensgroße Puppe an Bungeeseilen befestigt, die hin und her schwang.

Er lief noch ein paar Schritte näher und stieß einen
lauten Schrei aus. Das war keine Puppe.

Es war eine Frau, die dort oben hing und ihn anstarrte. Anstarrte aus großen, toten Augen.

„Hilfe, Hilfe", schrie er, völlig außer sich, so laut er
konnte.

In diesem Moment hörte er Schritte.

Er schnellte panisch herum. Die Frau von eben war
zurückgekommen. Vielleicht hatte sie gedacht, er
wäre zusammengebrochen, denn sie sah ihn zwar
verblüfft, aber keineswegs alarmiert an. Er konnte
nichts sagen, sondern deutete nur wortlos nach oben.
Sie folgte seinem Blick. Dann zog sie ein IPhone aus
ihrer Gürteltasche.

„Ich rufe die Polizei. Setzen sie sich da drüben ins
Gras und schauen sie nicht mehr hin."

8

Sie legte ihm sanft die Hand auf die Schulter und dirigierte ihm vom Weg zum Rasen.

Während sie im Abstand zu ihm mehrere Telefonate führte, wunderte er sich nur, wie ruhig sie war.

Kapitel 2

Warum hatten alle Cops in einer Krimiserie irgendwelche Probleme mit ihren Familien oder psychische
Probleme oder waren einfach nur durchgeknallte Ty-
pen? Mike schüttelte den Kopf und lehnte sich etwas
zurück. Sofort kam eine der Stewardessen und fragte
ihn, ob er noch ein Glas Wein trinken wolle. Er
schaute sie an und nickte. Dann schaltete er den inzwischen vierten Film, den er sich angeschaut hatte,
aus. Vielleicht half ihm der Wein etwas zu entspan-
nen, im Idealfall sogar zu schlafen.
Aber irgendwie hatte er die Hoffnung schon aufgegeben. Prompt kam die Stewardess mit einem Glas Rotwein und schaute dann auf die neben ihm zusam-
mengerollte Person. „Möchte ihre Frau vielleicht
auch noch irgendetwas, Sir?", fragte sie mit gedämpf-
ter Stimme.
Mike lächelte. „Nein danke. Lassen wir sie einfach
schlafen."
Kate hatte kurz nach dem Start in Atlanta ihren Sitz
zu einem Bett verlängert, sich zusammengerollt wie
ein Embryo und war sofort eingeschlafen.
Und das tat sie immer noch. Mike bewunderte es zu-
tiefst, auch wenn er sonst keine Probleme mit dem
Schlafen hatte, an Bord eines Flugzeugs und das mitten über dem Atlantik fühlte er sich irgendwie un-
wohl. Er nippte etwas von dem Rotwein und drückte
sich fester in seinen Sitz.
Zwei Monate Hochzeitsreise lagen hinter ihnen.

Das es zwei Monate waren, war ganz einfach der Tatsache geschuldet, dass sein Chef nach Lösung des vorhergegangenen Falles ihm großzügig noch einen zusätzlichen Monat unbezahlten Urlaub gewährt hatte. Und so war aus der ursprünglich geplanten einmonatigen Reise zwei Monate geworden.

Die ersten 14 Tage hatten sie in Jerusalem bei Kates Tante Sarah und deren Familie zugebracht. Es war, wie Kate es auszudrücken pflegte, Familienverbund pur. Auch für Mike war es eine Umstellung. Aber so viel geballter Herzlichkeit konnte auch er nicht widerstehen. Dann hatten sie noch knappe drei Wochen am Toten Meer verbracht, eine ruhige und erholsame Zeit, nur füreinander.

Anschließend flogen sie in die Staaten, und dort gab es das Kontrastprogramm. Erst San Francisco, dann L.A. Schließlich ging es per Inlandsflügen weiter nach Big Apple und Washington D.C., um abschließend in Atlanta Ben, Kates ehemaligen Kollegen beim FBI, zu besuchen. Dieser hatte sich gerade für Mike einiges einfallen lassen, und so konnte dieser in die Strukturen der Bundesbehörde ein wenig Einblick nehmen, was ihn absolut begeisterte.

Kate nutzte indes die Zeit, um noch ein paar Familienangelegenheiten, wie sie es nannte, zu erledigen. Allerdings hatte sie nicht, wie er im Stillen gehofft hatte, ihre Eigentumswohnung in Atlanta verkauft. Sie hatte einfach den Mietvertrag verlängert. Er hatte sie noch nicht darauf angesprochen, ganz einfach hatte sich die Gelegenheit nicht ergeben. Wie sollte er es auch tun? Es klang, als sei er sich seiner Sache nicht ganz sicher, was die Partnerschaft mit Kate betraf. „Kompletter Blödsinn", dachte er und schüttelte etwas den Kopf.

„Na", sagte eine Stimme plötzlich neben ihm, sodass er erschrak. „Du hast dir doch jetzt gerade überlegt, ob ich die Wohnung deswegen nicht verkauft habe, um eine mögliche Rückversicherung zu haben?" Mike wandte langsam seinen Blick zu Kate, die gerade ihr Bett wieder in einen Sitz zurück verwandelte. Als sie neben ihm saß, noch ganz schlaftrunken, mit zerzaustem Haar, starrte er sie an.

„Sag mal, kannst du jetzt auch Gedanken lesen?" Sie lachte leise. „Ja, das war der Kurs Gedanken lesen für Anfänger, der wurde bei uns im FBI angeboten." Als er nichts sagte wurde sie wieder ernst.

„Ich habe ganz einfach dein nachdenkliches Gesicht gesehen und wie du den Kopf geschüttelt hast. Und da habe ich mir eins und eins zusammengereimt." Noch immer sagte er nichts, also fuhr sie fort: „Hör zu, ich habe nicht vor mich in die Staaten abzusetzen. Wenn, dann hätte ich das mit Sicherheit vor unserer Hochzeit gemacht, oder? Ich habe die Wohnung mit Absicht behalten, weil ich mir überlegt habe, dass wir vielleicht in 20 oder 30 Jahren unseren Altersruhesitz in den Staaten aufschlagen könnten. Wenn wir es nicht wollen, ist es immer noch eine sehr gute Wertanlage. Die Immobilienpreise in Atlanta sind nicht von schlechten Eltern. Also so oder so, es wäre dumm gewesen die Wohnung jetzt zu verkaufen oder benötigst du das Geld?"

Mike hob die Hände. „Also das hast du ganz falsch verstanden, nein, nein."

Inzwischen war die Stewardess wieder herangekommen und lächelte Kate freundlich professionell an.

„Möchten sie vielleicht etwas trinken oder einen kleinen Imbiss? Sie haben das Essen verschlafen und ihr Mann wollte sie nicht wecken."

Kate lächelte zurück. „Ich hätte gern einen Kaffee und vielleicht einen kleinen Obstsalat, so dies möglich wäre."

Die junge Frau zog sich zurück, um das Bestellte innerhalb kürzester Zeit zu servieren.

Kate sah wieder hinüber zu Mike. „Damit wäre das geklärt. Hat es dir den Schlaf geraubt?" Sie steckte sich ein Stück Melone in den Mund.

Mike seufzte. „Nein, das nicht. Ich komme bloß irgendwie nicht zur Ruhe. Ich bin froh das Omar uns abholt, stell dir vor, wir hätten beide nicht schlafen können."

Kate lachte leise. „So ging es mir bei meinem ersten Flug nach Deutschland. Ich wusste von dir, dass meine Großmutter, oder vielmehr die Frau, die ich ein Leben lang dafürgehalten habe, ermordet worden war und das hat mich wirklich um den Schlaf gebracht. Ich hatte das Auto bei Sixx wieder abbestellt und bin ab München bis Plauen mit dem Zug gefahren. Dort habe ich endlich geschlafen."

Sie gab Mike, der sich gerade aus ihrer Schale ebenfalls ein Stück Melone stibitzte, einen kleinen Klaps auf die Finger. „Bestell dir selbst welche", sagte sie, aber er schüttelte den Kopf.

„Reicht", sagte er und nippte wieder an seinem Wein. Dabei sah er auf das Display vor sich.

„Oh, wir sind schon im Landeanflug auf München", sagte er und lehnte sich zurück.

„Weißt du, wie froh ich bin, endlich wieder festen Boden unter den Füßen zu haben?"

Kate musterte ihn von der Seite. „Sag bloß, du hast Flugangst? Wenn ja, hast du sie bisher gut verborgen."

Er zuckte leicht die Schultern. „Jetzt, da wir verheiratet sind, kann ich es dir ja sagen. Der Gedanke, über dem Atlantik in dieser Blechkapsel zu sitzen hat mich um den Schlaf gebracht."

Obwohl er versuchte, es scherzhaft rüberzubringen, sah Kate, dass es ihm durchaus ernst war. Natürlich, sie hatte auf dem Hin-wie auch auf dem Heimflug, ja, sogar auf dem Inlandsflug sofort geschlafen.

Sie griff nach seiner Hand. „Jetzt hast du es fast geschafft und keine Angst, nichts erschüttert mein Bild von dir, nicht mal deine Flugphobie"

Kapitel 3

Als Mike die Augen aufschlug, fühlte er sich für einen Moment wie nach einer durchzechten Nacht. Der Jetlag hatte ihn voll erwischt. Langsam tastete er neben sich, aber das Bett neben ihm war nicht nur leer, sondern auch kalt. Langsam brachte er seinen Körper in die Senkrechte am Bettrand, stützte sein Gesicht in die Hände und rieb es. Er musste sich dringend rasieren. Dann stand er auf und tapste nach unten in die Küche. Mit noch fast geschlossenen Augen schob er einen Kaffeebecher unter den Automat und hörte, wie das Mahlwerk seine Arbeit begann. Mitten auf dem Küchentisch lag ein Zettel.

„Bin joggen, bringe frische Brötchen mit", darunter ein Kuss - Smiley.

Natürlich musste seine Frau ihm schon wieder ein schlechtes Gewissen machen mit ihrer Aktivität. Grinsend ließ er sich auf den Küchenstuhl sinken und nippte an der heißen, dunklen Flüssigkeit. Dann fiel sein Blick auf das Bild, dass auf dem Küchenblock stand. Es war am Toten Meer entstanden und er hatte zu Kate gesagt, es sei sein absolutes Lieblingsbild.

Kate saß auf einem dunklen Araberhengst direkt am Strand. Sie trug eine Jeans, Reitstiefel und eine helle Bluse, die in der Taille geknotet war. Ihr Haar, heller als sonst, wehte in der leichten Brise. Er selbst lehnte in einer hellen Leinenhose und einem Shirt am Körper des Pferdes und hatte seine Hand lässig auf den

Sattelkopf gelegt. Kates rechte Hand lag auf der seinen, die andere hielt die Zügel.

Von allen Bildern, die in den zwei Monaten entstanden waren, gefiel ihm dieses am besten und Kate hatte es wohl Jasmin geschickt, die ihrerseits es ausdrucken und rahmen ließ, denn als sie gestern nach Hause gekommen waren, stand es bereits hier.

Mike stellte seinen Kaffeebecher nochmals unter die Maschine. Ein Becher Kaffee reichte heute definitiv nicht.

Sein Blick ging noch einmal zurück zu dem Bild. Ihm war erst auf dieser Reise bewusst geworden, wieviel er von Kate nicht wusste, zum Beispiel, dass sie einen Teil ihrer Ausbildung bei der berittenen Polizei absolviert hatte und eine sehr gute Reiterin war.

Schließlich öffnete er den Kühlschrank.

Auch wenn Jasmin Weidner-Amri, ihre gute Freundin und Nachbarin, das Bild und zwei Blumensträuße als Willkommensgruß bereitgestellt hatte, für die Befüllung des Kühlschrankes war Frau Anselm, Kates Haushalthilfe, verantwortlich.

Sogar seinen Lieblingsjogurt fand er unter dem reichhaltigen Angebot und nahm sich vor, Frau Anselm für diese Vorausschau zu danken. Er begann den Frühstückstisch zu decken als sein Smartphone vibrierte. Stirnrunzelnd sah er auf das Display und lächelte. Konnte Kate sich nicht zwischen den verschiedenen Brötchensorten entscheiden?

Als er das Gespräch annahm, sagte sie gleich, ohne eine Begrüßung: „Mike, du solltest sofort kommen.

Zur Syratalbrücke."

An ihrem Tonfall, den er manchmal scherzhaft den FBI -Ton nannte, erkannte er sofort, dass es sich um etwas Außergewöhnliches handeln musste.

Immerhin hatte er noch diese Woche Urlaub, also würde sie ihn nicht mit einer Bagatelle belästigen.

„Ich komme", sagte er daher.

Im Laufschritt eilte er ins Bad. Ganz gleich wie dringend es auch sein mochte, unrasiert und ungeduscht würde er sich an keinem Tatort zeigen, zumal Kate mit Sicherheit bereits die zuständige Polizeidienststelle verständigt hatte.

Auf den letzten Metern hatte Mike sein Auto stehen lassen und war zu Fuß weitergegangen, zumal rund um die Brücke alles mit Feuerwehr, Notarztwagen und diversen Polizeiautos zugeparkt war.

Der gesamte Bereich war großräumig abgesperrt und obwohl es noch früh am Tag war, hatten sich an der Absperrung zahlreiche Schaulustige, bevorzugt Senioren, eingefunden.

Ein uniformierter Beamter nickte Mike zu und hielt das rot-weiße Absperrband hoch, sodass er passieren konnte. Als er näher herankam, sah er auf der Leiter eines Feuerwehrautos direkt in Höhe eines Brückenbogens eine massige Gestalt, die gerade mittels Handzeichen einem der sichernden Feuerwehrmänner andeutete, dass er nach unten zu kommen gedachte.

Es dauerte einige Minuten bis Professor Doktor Omar Amri, seines Zeichens Rechtsmediziner und Pathologe, festen Boden unter den Füßen hatte und aus dem Schutzanzug, den die Spurensicherung wegen ihm immer in Extragröße vorrätig hatte, stieg.

Er kam auf Mike zu und schloss ihn in eine seiner bärenhaften Umarmungen.

„Bin ich froh dich wieder heil und wohlbehalten zu sehen, mein Freund, wenn auch die Umstände besser sein könnten", sagte er, nachdem er Mike aus seinen Armen entlassen hatte und deutete mit dem Kopf in Richtung Brücke.

„Ihr könnt sie runterholen lassen", rief er dem Leiter der Spurensicherung, Karsten Windisch zu, der seinerseits Mike zuwinkte.

Omar wandte sich diesem wieder zu.

„Kein schöner Anblick", sagte er und deutete nach rechts, wo sich Kommissarin Marianne Jäger mit einem Mann mittleren Alters in Joggingkleidung unterhielt. „Der arme Kerl hatte den Schock des Morgens." Er nickte zu der Brücke und nachdem die Feuerwehr die Leiter kurz eingefahren hatte sah Mike, was Omar da vorhin begutachtet hatte. An zwei Bungeeseilen befestigt, wippte der Körper einer Frau zwischen einem Brückenbogen auf und ab.

Mike stieß langsam die Luft aus. „Wie lange hängt sie schon dort?"

Omar sah ihn von der Seite an. „Bist du nicht noch im Urlaub?"

Mike deutete zu Marianne, die ihn auch gesehen und mit einem kurzen Nicken begrüßt hatte.

„Formell schon, aber Kate hat mich angerufen."

Omar grinste. „Wie uns alle."

Dann wurde er ernst. „Sie hat den Mann schreien hören und ist sofort umgekehrt, weil sie dachte, ihm sei etwas passiert. Da sah sie den Schlamassel."

Er schüttelte bekümmert den Kopf. „Also, was ich grob sagen kann, ist, dass sie vermutlich seit Mitternacht dort hängt. Da dürfte sie allerdings noch gelebt haben."

Mike sog scharf die Luft ein. „Jemand hat sie…"

„Ja", unterbrach Omar ihn. „Sie hat noch gelebt."

Nachdem ein Sanitäter ihm ein leichtes Beruhigungsmittel verabreicht hatte, war Martin Fassmann nach einer Weile in der Lage, mit Marianne zu sprechen. Vorher war er der Hyperventilation nahe und nicht vernehmungsfähig gewesen.

Noch immer saß er am Rand des Weges im Gras, wo Kate ihn vor über einer Stunde hingesetzt hatte und atmete jetzt bedeutend ruhiger.

„Wie lange laufen sie schon den Weg, Herr Fassmann?", fragte Marianne ihn behutsam und fing einen Blick aus dem noch immer stark geröteten Gesicht auf.

„Noch nicht, noch nicht sehr lange", stammelte er, aber dann wurde seine Sprache sicherer. „Seit einer Woche exakt genau diesen Weg, bis zur Brücke, dann kehre ich um. Heute bin ich dieser Frau begegnet." Er deutete auf Kate, die gerade mit Karsten Windisch sprach. „Sie sagte, ich solle mich nicht überanstrengen und gab mir etwas von ihrem Isodrink. Dann sind wir beide weiter gerannt, in unterschiedliche Richtung. Als ich nach oben sah, an der Brücke, da…" Er brach ab und atmete wieder hektisch.

Marianne legte ihm eine Hand auf die Schulter.

„Es ist gut, Herr Fassmann. Wenn wir aufhören sollen…"

„Nein, nein", sagte er schnell. „Also, ich dachte, es ist eine Puppe. Ein zwar makabrer Scherz, aber eben auch nur ein Scherz. Und dann sah ich das es ein Mensch ist, eine Frau. Ich habe mich so erschrocken das ich um Hilfe geschrien habe und da kam die Frau zurück."

Er deutete wieder in Kates Richtung. „Sie hat mich dann hierhergesetzt und gesagt, sie kümmert sich um alles." Er zog etwas die Stirn in Falten und sah mehrfach zu Kate. „Wissen sie", sagte er schließlich leise zu Marianne. „Es war seltsam, wie ruhig und gefasst sie war, geradezu verdächtig ruhig, wenn sie wissen, was ich meine."

Die Kommissarin musste sich ein Lächeln verkneifen. „Das geht schon in Ordnung. Frau Schulz ist quasi eine Kollegin von uns."

Martin Fuhrmann runzelte die Stirn. „Quasi?", fragte er gedehnt.

Marianne Jäger seufzte. „Frau Schulz ist als ehemalige FBI Agentin beratend für die Polizei tätig", sagte sie schließlich und der Mann sah sie an, als warte er auf eine Pointe des Scherzes. Als diese nicht kam, fragte er nach: „FBI, hier bei uns in Plauen?"

Marianne hätte sich ohrfeigen können, es überhaupt erwähnt zu haben. „Natürlich nicht. Frau Schulz war viele Jahre in den Staaten und dort beim FBI. Jetzt lebt sie wieder in Plauen."

Ihr Tonfall war jetzt so gewählt, dass er signalisierte, dass weitere Nachfragen besser zu unterbleiben hatten.

Das verstand auch Martin Fuhrmann. Er starrte zu Kate hinüber, nickte schließlich und murmelte: „Ja, ja, natürlich."

„So", sagte Marianne mit Nachdruck. „Herr

Fuhrmann, versuchen sie sich bitte zu konzentrieren. Ist ihnen, außer Frau Schulz, irgendjemand aufgefallen? Heute Morgen, oder auch an den Tagen vorher?"

Er schüttelte den Kopf und sah sie etwas verschämt an. „Wissen sie, ich laufe noch nicht so lange und bin komplett damit beschäftigt nicht umzufallen, so atemlos wie ich manchmal bin. Was um mich herum ist, blende ich eigentlich aus. Ich habe diese Frau Schulz heute auch nur bemerkt, weil sie direkt an mir vorbeigelaufen ist und mich gegrüßt hat."

„Gut", sagte Marianne Jäger. Mehr war aus dem Zeugen wohl derzeit wirklich nicht herauszuholen.

„Sollten sie sich noch an irgendetwas erinnern, mag es ihnen auch noch so unbedeutsam vorkommen, informieren sie uns bitte", sagte sie, obwohl sie keine Hoffnung hatte, das dies geschehen würde.

„Man hat sie dort angebunden als sie definitiv noch lebte. Vielleicht war sie betäubt und konnte nicht viel Gegenwehr leisten. Jedenfalls hat der oder die Täter sie geknebelt und ihre Augenlider angenäht, sodass sie die Augen nicht mehr schließen konnte. Man wollte wahrscheinlich, dass sie den Abgrund sieht, über dem sie hängt."

Mike schüttelte langsam den Kopf. „Was war todesursächlich?", fragte er schließlich, aber Omar zuckte die Schultern. „Das kann ich dir erst nach der Autopsie sagen. Was ich dort oben sehen konnte, deutet jedenfalls nicht auf äußere Gewalt hin. Den Rest, wie gesagt, nach der Autopsie."

Er begegnete Mikes Blick und seufzte. „Ja, ich mache mich gleich an die Arbeit."

Damit stapfte er in Richtung der Feuerwehr, die gerade mit der Bergung der Toten begonnen hatte.

„Bringt sie gleich ins Institut", sagte er und wandte sich in die Richtung, in der er seinen Wagen geparkt hatte. Mike ging hinüber zu Kate, die ihrerseits Marianne Jäger nachsah, die Martin Fuhrmann zu einem Polizeiauto begleitete und einem uniformierten Beamten übergab. Dann sah sie zu Mike und drückte seine Hand.

„Das ist kein guter Morgen, für niemand von uns."

Er lächelte gequält. „Ich habe auch nicht gedacht, dass mein Urlaub so abrupt endet."

Inzwischen war Marianne Jäger zurückgekommen und sah von ihm zu Kate.

„Na ihr beide, das nenne ich ja mal ein Ende der

Flitterwochen." Dann wurde sie ernst. „Willst du gleich wieder übernehmen?", fragte sie Mike und der nickte. „Ich denke, ich steige einfach gleich ein. Das hier scheint wirklich ungewöhnlich zu sein", sagte er und deutete auf die Brücke.

Marianne nickte. „Das sehe ich auch so. Wer kommt nur auf so eine Idee?"

Mike folgte ihrem Blick, als auch Karsten Windisch, der Leiter der Spurensicherung, herankam.

„Papiere?", fragte Mike ihn knapp und dieser schüttelte den Kopf. „Nichts, aber trotzdem habe ich vielleicht einen Namen. Gestern Abend hat ein Ralf Fischer seine Frau Kathleen Fischer, 38 Jahre, vermisst gemeldet. Er war dienstlich in Berlin, konnte sie nicht erreichen, deshalb ist er gleich wieder nach Hause gefahren. Er hat sie zu Hause nicht angetroffen, das Haus leer, ihr Smartphone war am Ladekabel, die Tasche samt Portemonnaies und Papiere im Flur. Das kam ihm seltsam vor und nachdem er alle Freunde und Bekannte abtelefoniert hatte und sie nirgends war, hat er eine Vermisstenanzeige gestellt."

Mike sah hinüber zu der Stelle, wo gerade die Tote auf den Boden gelegt worden war. Eben fuhr der Wagen eines Bestattungsunternehmens vor.

„Könnte sie es sein?", fragte er Karsten. Der nickte. „Es würde vom Alter und der Personenbeschreibung hinkommen. Hier ist das Bild."

Er zeigte Mike das Bild vom Smartphone, was er sich von der Vermisstenstelle hatte schicken lassen. Eine lachende Frau mit mittellangem, braunen Haar und lustigen Sommersprossen auf der Nase.

„Und?", meinte Mike, denn er selbst hatte die Frau noch nicht gesehen.

„Ich denke, zu 95% ja", sagte Karsten.

Mike holte tief Luft. „Ich hasse es, den Angehörigen so etwas sagen zu müssen."

Marianne Jäger war neben ihn getreten. „Ich komme mit", sagte sie in ihrer gewohnt ruhigen Art und in diesem Moment war Mike einfach nur dankbar dafür.

„Damit sind die Fischers ja quasi Nachbarn von euch", meinte Marianne, als sie mit Mike in die Schmidtstraße einbog.

Dieser schüttelte den Kopf. „Das sind noch zwei Straßen dazwischen, also kannst du wirklich nicht erwarten das wir sie kennen."

Das gepflegte Einfamilienhaus stand etwas rückgesetzt an der Straße und Mike parkte den Wagen direkt in der Auffahrt. Kaum hatten sie geklingelt, als auf den Vorplatz ein Mann Ende Vierzig trat. Er trug Freizeitkleidung, die unterstrich, dass er außergewöhnlich gut in Form war. Kein einziges Gramm Fett zu viel war an seinem Körper sichtbar. Das dunkle Haar, dass er kurz geschnitten trug, hatte genau den Anteil an grauen Strähnen von denen Frauen sich für gewöhnlich angezogen fühlten.

Mike wies sich aus und stellte Marianne vor.

„Herr Fischer?", fragte er dann und dieser nickte.

„Kathleen? Sind sie wegen Kathleen hier? Haben sie sie gefunden?" Er spähte an Mike und Marianne vorbei zu deren Auto, wohl in der Hoffnung, dass seine Frau wohlbehalten in dem Wagen saß.

„Herr Fischer, könnten wir rein gehen?"

Es war Marianne Jäger, die ihn sanft am Arm berührte und mit dem Kopf nach innen deutete. Der Angesprochene sah sie erstaunt an, nickte dann aber und hielt die Tür auf.

Das Innere des Hauses war modern eingerichtet, es gab viele japanische Elemente. Ralf Fischer schien Mikes Interesse bemerkt zu haben.

„Ich bin öfter dienstlich in Japan. Meine Frau und ich, wir sind beide begeistert von diesem Land und seiner Kultur." Er bot den beiden Beamten einen Platz an, blieb aber selbst stehen. Es war wieder Marianne, die ihn bat, sich ebenfalls zu setzen.

„Meine Frau, wissen sie etwas über sie?"

Mike wechselte einen schnellen Blick mit Marianne, dann sah er Ralf Fischer an. „Herr Fischer, heute früh wurde im Syratal eine Frau tot aufgefunden. Es besteht…" Sein Gegenüber hob die Hand und schüttelte dann so heftig den Kopf, dass es Mike allein beim Zusehen schwindlig wurde. „Meinen sie die Frau, die sich an der Syratalbrücke erhängt hat? Ich habe es auf Facebook gelesen. Das kann nicht meine Frau sein, nie und nimmer."

Mike, der innerlich diese sogenannten Infos auf Facebook verfluchte, sah Fischer an. „Weshalb sind sie sich so sicher?"

Dieser machte eine ausladende Geste. „Also zum einen würde meine Frau nie Selbstmord verüben, ich meine, sie hatte dazu keinen Grund. Aber was das Wichtigste ist, sie würde sich niemals an einer Brücke erhängen, nie."

„Warum?", fragte jetzt Marianne nach.

„Weil meine Frau schreckliche Höhenangst hat. Also nicht in Form einer Befindlichkeit, sie hat eine schwere Phobie."

„War sie deshalb in Behandlung?"

Fischer sah wieder zu Mike, bemerkte aber scheinbar nicht, dass dieser von seiner Frau in der

Vergangenheit sprach.

„Vor einigen Jahren, ja. Aber sie hat die Therapie dann abgebrochen. Schließlich müsse sie ja nicht in die Berge fahren oder über Hängebrücken gehen, sagt sie immer." Er lächelte, wurde aber plötzlich ernst. „Wie kommen sie auf die Idee, dass…"

Marianne atmete durch und sah ihn an.

„Diese Frau passt im Äußeren als auch in der von ihnen angegeben Kleidung genau zu der Beschreibung ihrer Frau in der Vermisstenanzeige, die sie aufgegeben haben, Herr Fischer. Haben sie vielleicht eine Zahnbürste ihrer Frau oder eine Haarbürste?"

Ralf Fischer starrte sie schweigend an, bewegte sich aber nicht.

„Herr Fischer?", fragte Marianne sanft nach. „Haben sie eine Haarbürste ihrer Frau?"

Er machte eine Bewegung mit dem Kopf als wolle er eine Fliege verscheuchen. „Meine Frau hätte und hat sich nicht umgebracht", sagte er mit fester Stimme und sah die beiden Kriminalbeamten fast trotzig an. Es hatte keinen Sinn ihm nicht die Wahrheit zu sagen.

„Herr Fischer, ganz gleich welche Gerüchte bei Facebook kursieren, die aufgefundene Frau hat sich mit ziemlicher Sicherheit nicht suizidiert. Wir gehen von einem Gewaltverbrechen aus", sagte Mike.

Ralf Fischer sah schnell zu Marianne, als hoffe er, dass sie der Aussage ihres Kollegen widersprach. Als dies nicht so war, senkte er den Kopf.

„Wo ist sie jetzt?", fragte er leise und Mike begriff,

dass er von seiner Frau sprach.

„In der Rechtsmedizin, es muss noch ein DNA…"

Ralf Fischer sprang unvermittelt auf. „Ich will sie sehen, diese Frau, ich will sie sehen."

Mike und Marianne wechselten einen Blick.

„Herr Fischer, sie sollten…"

Aber dieser hatte bereits im Flur eine Jacke vom Haken gerissen und zog sie an. „Ich fahre rüber in die Klinik, es kann mir niemand verweigern sie zu sehen. Wenn es doch Kathleen ist…"

Er schwankte bedenklich und Mike fasste ihn am Arm. „In diesem Zustand fahren sie keinesfalls selbst. Wir nehmen sie mit."

Er wandte sich zu Marianne um, die bereits ihr Smartphone aus der Tasche gezogen hatte.

„Ich rufe Omar an", sagte sie leise und trat auf das Vorpodest des Hauses, um ungestört sprechen zu können.

Kapitel 4

„Hast du alles fotografiert?", brummte Omar mit einer Stimme, die wie ein herannahendes Gewitter klang und jedem anderen eine Heidenangst eingejagt hätte. Seine Assistentin, Kerstin Nagler, ließ sich davon nicht beirren.

„Ja, Chef", sagte sie mit ruhiger Stimme und der Angesprochene hob den Kopf. Ein leichtes Grinsen legte sich auf seine Züge.

„Sorry", murmelte er und Kerstin Nagler winkte nur ab. „Es ist aber auch, jetzt kommen die beiden Herrschaften der K mit dem Ehemann zu Identifizierung hier her. Wo gibt es denn so etwas?", ereiferte sich der Pathologe und versuchte mit dem Skalpell in seinen großen Händen, die Naht des Täters, mit dem dieser die Augenlider der Toten angenäht hatte, so zu lösen, dass die Augen geschlossen werden konnten.

„Na, Chef, sie haben damals auch bei Doktor Tarek Nasab eine Ausnahme bezüglich seiner Tochter gemacht", erinnerte seine Assistentin ihn.

Omar Amri blies die Wangen auf und warf ihr einen grimmigen Blick zu. „Er ist ein Kollege und ein guter Freund, also bitte, das ist wohl kein Vergleich."

„Gleiches Recht für alle", murmelte Kerstin Nagler.

„Hm", brummte ihr Chef, aber sie wusste, dass er ihr Argument gelten ließ.

„So", sagte er schließlich und trat vom Edelstahltisch zurück. Es war ihm tatsächlich gelungen, die Naht an den Lider zu trennen und die Augen der Toten zu schließen.

Er nahm etwas Makeup und strich es darüber, sodass die winzigen Einstiche kaum zu sehen waren. Dann trat er einen Schritt zurück und nahm einen Kamm zur Hand.

„Schon ausgekämmt?", fragte er und seine Assistentin deutete auf einen Aservatenbeutel.

„Alles drin", sagte sie genau so knapp.

Omar richtete das Haar der Toten noch etwas. Als er nickte, trat Kerstin Nagler näher heran. „So können sie sie unbesorgt dem Ehemann zeigen", murmelte sie. „Das haben sie wirklich gut hinbekommen, Chef."

Der Pathologe brummte und warf ihr einen wissenden Blick zu. „Du brauchst deinem Doktorvater gar nicht so zu schmeicheln."

Kerstin Nagler klimperte übertrieben mit den Wimpern, was Omar ein leises Lachen entlockte.

„Na, das lass bloß nicht deinen Jamie sehen. Dann steht ein wütender Schotte hier bei mir im Sektionssaal und droht mir, mich mit dem Dudelsack zu erschlagen."

Jetzt musste auch Kerstin Nagler grinsen. „Alles Klischees, Chef. Jamie hat weder einen Dudelsack noch ist er übermäßig eifersüchtig. Er weiß doch, dass sie in festen Händen sind."

Jamie Macintosh war Assistenzarzt auf der Neurochirurgie und Omar befürchtete, dass der Schotte irgendwann Heimweh bekommen könnte und Kerstin mit ihm gehen würde, auch wenn sie das bisher immer vehement leugnete.

Schließlich hatte Omar sich für die Assistenzstelle von Kerstin eingesetzt und als das Krankenhaus ankündigte, diese zu streichen, hatte er sehr schnell klar gemacht, dass er dann sofort gehen würde.

Natürlich konnte es sich das Haus nicht leisten, einen so anerkannten Pathologen, Rechtsmediziner und Wissenschaftler zu verlieren und ruderte umgehend zurück.

Kerstin Nagler war Omar bereits als Studentin aufgefallen, ihre Intelligenz, ihre Art zu kombinieren und Sachverhalte zu hinterfragen. Außerdem kam sie mit ihrer ruhigen, abgeklärten Art mit seiner manchmal impulsiven Natur gut zurecht. So hatte er sie frisch von der Leipziger Uni einfach als Assistentin angestellt und mit nach Plauen genommen.

„So", sagte er schließlich. „Sie sind da. Also dann."

Er deutete zur Tür, die Kerstin Nagler langsam öffnete. Mike stand gemeinsam mit Marianne Jäger und Ralf Fischer im Vorraum.

Als Omars Assistentin ihnen zunickte, trat Mike vor, während Marianne an Ralf Fischers Seite ging.

„Sie müssen das nicht tun", sagte sie zu ihm, aber dieser schüttelte stumm den Kopf.

Als sie den Raum betraten, stand Omar am Sektionstisch. Alle möglichen Gerätschaften, die an eine Sektion erinnerten, waren weggeräumt. Der Raum wirkte kühl, klinisch rein und, bis auf den Edelstahltisch, relativ normal. Dort lag, bis zum Hals zugedeckt, der Leichnam der Frau.

Mike registrierte, dass die Augen geschlossen waren

und sie auch sonst fast so wirkte, als schlafe sie nur.
Ralf Fischer trat, noch immer wortlos, an den Tisch
und holte tief Luft. Dann entwich ein leises Geräusch,
fast ein Wimmern, seinem Mund.

„Kathleen", sagte er schließlich.
Er streckte seine Hand aus, als wolle er ihre Wange
berühren, zog sie dann aber zurück.
Er schwankte und Omar, der ihm am nächsten stand,
nahm seinen Arm. Fischer sah zu ihm auf. „Hat sie
gelitten, ich meine…"
Der Pathologe stützte ihn und führte ihn auf den Flur
hinaus. „Nein", log er, ohne mit der Wimper zu zucken. „Kommen sie, setzen sie sich in mein Büro",
sagte er mit sanfter Stimme.
Mike sah Marianne an. „Damit haben wir die Gewiss-
heit. Die Tote ist Kathleen Fischer."

Kate war nach Hause gelaufen und hatte sich geduscht. Dann sah sie auf den Frühstückstisch, den Mike so liebevoll gedeckt hatte. Mit einem Seufzer räumte sie alles zurück in den Kühlschrank und nahm sich einen Jogurt heraus.

Brötchen hatte sie natürlich keine mitgebracht, aber das war jetzt auch egal. Während sie einen Kaffeebecher unter den Automat stellte und sich die Haare trockenrieb, schaute sie auf ihr IPhone.

In den sozialen Netzwerken überschlugen sich bereits die Gerüchte. Mehrheitlich war von einem Suizid die Rede, auch Unfall oder Mord aus Eifersucht wurde thematisiert. Mit einem Kopfschütteln legte Kate es weg und nippte an ihrem Kaffee, als plötzlich ihr IPhone summte.

„Mike?", fragte sie, als sie seinen Namen sah.

„Bist du zu Hause?"

„Ja, ich habe gerade geduscht."

Er räusperte sich etwas. „Wir haben jetzt einen Namen. Kathleen Fischer, 38 Jahre. Sie war Erzieherin in der Kindertagesstätte Sonnenland."

Kate stellte ihren Kaffeebecher aus der Hand und setzte sich an den Tisch. „Dort waren wir doch bei der kleinen Claire Maulhardt, unserer Zeugin im Fall des Clowns, weißt du noch?"

Mike lachte leise. „Natürlich, immerhin habe ich es ihr zu verdanken, dass ich es mir getraut habe, dir einen Antrag zu machen." Kate lachte auch.

Dann sagte Mike: „Ich möchte mit Frau Hauschild, der Leiterin, sprechen. Kommst du mit?"

Sie sprang auf. „Gern, gib mir zwei Minuten."

„Lass` dir Zeit, ich hole dich ab."

Kate zögerte einen kurzen Augenblick. „Solltest du nicht lieber mit Marianne…"

Sie hörte am anderen Ende, wie Mike seinen Wagen startete. „Es geht schon in Ordnung. Ich habe eben mit Kögler gesprochen, du bist mit an Bord."

Er legte auf und Kate lief nach oben, um sich anzuziehen. Peter Kögler, erster Polizeihauptkommissar und Leiter des Reviers Plauen, hatte Kate nach dem letzten Fall, zu dessen Aufklärung sie nicht unwesentlich beigetragen hatte, gefragt, ob sie nicht als freie Beraterin für die Polizei tätig sein würde.

Ihre FBI Erfahrungen wollte man sich so zu Nutze machen, ein Arrangement, was auch ihr durchaus zusagte.

Als sie, fertig angezogen, das Haus verließ, fuhr Mike gerade vor. Sie öffnete die Wagentür.

„So habe ich mir unseren Resturlaub auch nicht vorgestellt", murmelte er, lächelte aber, als Kate ihm einen to-go-Becher Kaffee hinüber reichte.

„Hilft vielleicht ein bisschen beim Jetlag", meinte sie und gurtete sich an.

„Ich kann es einfach nicht fassen", sagte Margit Hauschild, die Leiterin der Kindertagesstätte Sonnenland. Sie saßen in ihrem hellen Büro und hatten ein Glas ihrer bekannten selbstgemachten Limonade vor sich. Frau Hauschild drehte ihr Glas in der Hand, ohne davon zu trinken. „Frau Fischer war die beste Mitarbeiterin, die ich je hatte. Und das sage ich jetzt nicht, weil man Toten nichts Schlechtes nachreden soll." Sie griff sich an den Kopf und schüttelte diesen. „Mein Gott, was rede ich für einen Schwachsinn", murmelte sie leise.

Kate griff über den Tisch und berührte ihre Hand. „Es ist doch klar, dass sie jetzt unter Schock stehen. Also, bitte sagen sie uns etwas über sie."

Margit Hauschild nickte. „Frau Fischer war ungewöhnlich einfühlsam, das mochte ich so an ihr. Nicht nur im Umgang mit den Kindern, auch mit den Eltern. Ganz gleich was, auch wenn es Probleme gab, sie wusste immer eine Lösung. Für mich war sie die ideale Nachfolgerin. Zwar wollte sie nicht so recht, sie hatte Angst in der ganzen Bürokratie zu ersticken und damit weniger Zeit für die Kinder zu haben, aber ich denke, ich hätte sie noch überzeugen können, wenn…" Sie seufzte auf und stellte das volle Glas ab. Dann sah sie abwechselnd Kate und Mike, der bisher weitgehend geschwiegen hatte, an.

„Wer macht denn so etwas Schreckliches?"

Mike nahm jetzt den Faden auf. „Frau Hauschild, hatte Frau Fischer irgendwelche Meinungsverschiedenheiten mit Eltern, fühlte sie sich bedroht oder

36

verfolgt?"

Die Leiterin schüttelte spontan den Kopf.

„Wie ich schon sagte, sie kam wirklich mit allen Eltern gut aus, das würde ihnen jeder hier bestätigen. Sie hat mir auch nie etwas erzählt, also das sie sich bedroht fühlen würde oder verfolgt."

„Hätte sie es ihnen erzählt, wenn es so wäre?", fragte Kate dazwischen.

Wieder nickte die Leiterin. „Ja, sie war ein sehr kommunikativer Mensch und wir hatten ein enges Vertrauensverhältnis zueinander. Ihr Sohn Pascal und mein Jüngster sind zusammen zur Schule gegangen und waren auch befreundet. Erst als sie beide ihr Studium begonnen haben, Pascal in Marburg und Florian in Leipzig hat es sich etwas auseinandergelebt."

Mike sah sie an. „Dann kennen sie also auch die Familienverhältnisse der Fischers?"

„Ja, soweit man das sagen kann. Und ehe sie fragen, Herr Hauptkommissar, ich denke nicht, dass Ralf einen Grund gehabt hätte, seine Frau umzubringen, noch dazu auf eine derart bestialische Weise. Sie haben wirklich eine gute Ehe geführt, obwohl sie so jung geheiratet haben. Kathleen, also Frau Fischer war mit 18 bereits schwanger, da haben sie geheiratet und scheinbar hat es geklappt."

Mike hatte sich einige Notizen gemacht und sah jetzt auf. „Herr Fischer hat uns erzählt das seine Frau Höhenangst hatte? Sie war wohl deswegen sogar in einer Therapie?"

Frau Hauschild nahm jetzt doch einen Schluck von

ihrer Limonade. „Ja, das stimmt. Sie ist sehr offen damit umgegangen, auch mit der Therapie, die sie erfolglos abgebrochen hatte. Kathleen hat ja ursprünglich Sozialpädagogik studiert und wollte gern mit Jugendlichen arbeiten, aber da meinte sie, da wäre ihre Höhenangst ein Handicap. Immerhin müsste sie ja auch die jungen Leute mal in einen Kletterpark oder so begleiten und das ging gar nicht. So kam sie zu uns und das war für uns eine echte Bereicherung."

Sie schüttelte wieder den Kopf. „Ich weiß noch nicht, wie ich das den Kindern und den Eltern sage, von den Kollegen gar nicht zu sprechen."

Mike gab Kate ein Zeichen und sie erhoben sich.

„Danke, Frau Hauschild, für ihre Zeit", sagte Mike und sie gaben sich die Hände.

Als sie ans Auto traten, meinte Kate: „Hier kommen wir nicht weiter. Irgendwie glaube ich nicht, dass der Täter aus dem persönlichen Umfeld von Kathleen Fischer kommt."

Mike wog den Kopf hin und her. „Ist das nicht ein wenig zeitig für so eine gewagte Prognose?"

Kate stieg ein. „Dazu habt ihr mich doch engagiert."

Kapitel 5

Revierförster Hajo Winter war mit seinem Dackel
Rudi bereits seit dem frühen Morgen im Wald in der
Nähe von Syrau unterwegs. Das Wetter war angenehm, kühl und klar und auch trocken. Rudi ging neben ihm und schaute immer mal zu ihm auf.

„Na, bald haben wir es geschafft", murmelte er dem
Hund zu, der wie zur Bestätigung mit seiner Rute
zuckte. Trotzdem der Dackel bereits mit seinen 11
Jahren zu den Senioren zählte, war er noch aktiv und
Hajo Winter sah keine Veranlassung, ihn in Pension
zu schicken.

Durch die Bäume blitzte schon das Tarngrün seines
Ranch Rover auf, der auf dem Waldweg geparkt war.
Sonst sprintete Rudi bereits los und legte sich geradezu fordernd vor die Hecktür, um nach getaner Arbeit sich in seinem Hundebett ausruhen zu dürfen.
Heute lief er ein Stück ins Gebüsch, umkreiste eine
Stelle und schlug an. Der Förster ging zu ihm, da er
vermutete, Rudi habe ein verletztes oder totes Tier
entdeckt. Aber der Dackel hatte sich abgelegt und sah
ihn aufmerksam an.

„Was hast du denn?", fragte Hajo Winter und begut-
achtete die Stelle. „Aha", sagte er, nachdem er ein
paar Nadelholzzweige beiseitegeschoben hatte.
Er sah relativ frische Spuren von ausgehobener Erde.
Hier hatte jemand irgendetwas vergraben, sicher wieder illegal entsorgten Müll. Ein unwilliges Brummen
entwich ihm. Das war nicht das erste und sicher nicht
das letzte Mal, dass er solche Umweltsünden in

seinem Revier entdeckte. Leider war es ihm noch nie gelungen, einen dieser Übeltäter auf frischer Tat zu ertappen. Vielleicht war das auch gut so, denn er konnte nicht dafür garantieren, sich beherrschen zu können.

„Bleib", sagte er zu Rudi, der ihm schwanzwedelnd nachsah, wie er zu seinem Range Rover ging und einen Spaten herausholte. Zurück zu der Stelle, versenkte er diesen im weichen Waldboden und bemerkte plötzlich ein Metallrohr, das aus der Erde ragte. Vielleicht waren es Autoteile, die sie hier verscharrt hatten oder irgendwelcher Bauschutt.

„Schweinerei", schimpfte er vor sich hin und Rudi stieß einen zustimmenden Beller aus.

Nachdem er einige Zeit geschaufelt hatte und spürte, wie ihm der Schweiß langsam über den Rücken rann, stieß er plötzlich auf etwas Hartes.

„Aha", sagte er und sprang, nachdem er die Festigkeit des Untergrundes eingehend geprüft hatte, in die inzwischen einen Meter tiefen Grube. Er schabte mit dem Spaten etwas über den Untergrund und stieß auf helle Bretter. Stirnrunzelnd besah er sich die Ausmaße. Die Bretter waren ungefähr zwei Meter lang und einen halben Meter breit.

Nachdem er noch etwas mehr die Erde weggeputzt hatte, sah er, dass es sich um eine Kiste handelte. Aus der Seite ragte eben jenes Metallrohr, dass er oben gesehen hatte.

Rudi sah über den Grubenrand und winselte leise. Hajo Winter sah zu ihm hin. Das Verhalten des

Hundes, der geradezu ängstlich wirkte, irritierte ihn zunehmend.

„Was ist denn los, alter Junge?", fragte er mit ruhiger Stimme.

Dann sah er am Ende der Kiste eine kleine Aussparung. Jemand hatte hier ein zirka zwanzig mal zwanzig Zentimeter großes Glas eingearbeitet, dass völlig vom Waldbodendreck verschmiert war.

Der Förster zog ein Taschentuch aus seiner Tasche und wischte es sauber. Dann kniete er sich hin, um in das Innere zu schauen.

Mit einem Aufkeuchen wich er zurück und fiel rückwärts auf seinen Hosenboden.

Jetzt verstand er, warum sein Hund so reagiert hatte.

Kapitel 6

Omar Amri saß am Kopf des Tisches, um den sich neben Mike auch Kommissarin Marianne Jäger, Kommissaranwärter Frieder Lein, Karsten Windisch als Chef der Spurensicherung, auch Kate versammelt hatten.

Der Pathologe öffnete sein Tablet und sah in die Runde. Als er sich der Aufmerksamkeit aller sicher war, räusperte er sich vernehmlich.

„Kathleen Fischer wurde höchstwahrscheinlich betäubt, wobei das Betäubungsmittel selbst nicht mehr nachweisbar ist. Allerdings haben wir eine Einstichstelle am Hals gefunden. Danach hat der Täter, ich bleibe einmal beim Singular, ihr die Augenlider mit einem Faden so festgenäht, dass sie die Augen nicht mehr schließen konnte."

Er sah zu Mike, der sich eifrig Notizen machte.

„Es handelt sich dabei um einen chirurgischen Faden und er wurde auch, das klingt jetzt makaber, medizinisch korrekt, sprich steril, verwendet. Auch die Art des Vernähens lässt zumindest auf einige medizinische Fähigkeiten schließen. Das ist allerdings eine Vermutung. Danach hängte er Frau Fischer in einer Art Gurtsystem, das verhinderte, dass sie während des Abseilens erstickte. Karsten kann euch das bestimmt besser erläutern, wie diese Technik funktionierte."

Dieser nickte. „Eine ziemlich komplizierte Konstruktion, die mit Sicherheit selbst entworfen und gefertigt wurde. Vergleichbares habe ich noch nie gesehen."

In diesem Moment öffnete sich die Tür und Frank Keilwert, Hauptkommissar der Abteilung Internetkriminalität, trat ein.

„Sorry, Leute. Es hat etwas länger gedauert, aber wir sind immer noch auf der Suche nach Kathleen Fischers Handydaten. Es gestaltet sich etwas schwierig, aber wir sind dran."

Er nahm Platz und nickte Karsten Windisch zu, damit dieser fortfuhr.

„Ja, also wie gesagt, die gesamte Konstruktion deutet auf jemand, der sich zumindest im Klettern auskennt. Am Ende und jetzt versuche ich es mal laienhaft zu erklären, hat er eine Art Schaukel gebaut in der Kathleen Fischer saß, dann wurde diese an Bungeeseilen gefestigt und damit schaukelte sie über dem Abhang. Was aber am seltsamsten ist, sind diese Klettereisen."

Er zeigte ein Bild davon auf dem Bord.

„Wir haben festgestellt, dass sie maximal zwei bis drei Tage vor dem Ereignis dort eingeschlagen wurden. Ob es einen Zusammenhang mit der Tat gibt, ist zwar anzunehmen, aber ich verstehe den Sinn nicht. Der Täter konnte nur von oben agieren, also Kathleen Fischer samt dieser Konstruktion über das Brückengeländer nach unten lassen."

Marianne Jäger stieß einen leisen Laut aus und als alle zu ihr hinsahen, sagte sie: „Also, ich habe keine Höhenangst, aber allein dieser Gedanke, hilflos über diesem Abgrund zu schaukeln, in der Dunkelheit und nicht einmal die Augen schließen zu können, löst bei mir eine latente Panikattacke aus."

Zustimmendes Nicken von allen Seiten.

„Apropos Panikattacke", wandte Omar ein. „Scheinbar war diese auch todesursächlich. Kathleen Fischer wies keine äußeren Verletzungen auf, sogar die Knebelung verhinderte nur, dass sie nicht schreien und so auf sich aufmerksam machen konnte. Luft holen konnte sie, eingeschränkt, aber ausreichend. Sie hat mit Sicherheit hyperventiliert und ist am Ende am Kreislaufzusammenbruch gestorben, weil…"

„Aber man stirbt doch nicht an einer Panikattacke", warf Mike ein und sah Omar an, der ärgerlich den Kopf schüttelte.

„Würdest du mich bitte ausreden lassen? Im Übrigen gibt es durchaus Studien dazu, dass man an enormen psychischen Druck sterben kann, aber das nur nebenbei. Kathleen Fischer litt an einem Herzfehler, das war auch bekannt, denn sie nahm Medikamente. Am Ende war es ein Herzstillstand, aufgrund des enormen Stresses, dem sie ausgesetzt war."

„Kein schöner Tod", murmelte Marianne Jäger und Omar schwenkte seinen Blick zu ihr.

„Verstehst du, warum ich das aber ihrem Mann nicht sagen wollte? Daher hoffe ich, meine Lüge war legitim?"

Sie und Mike nickten. Dann berichtete dieser kurz über das, was er von Kathleen Fischers Vorgesetzter erfahren hatte. Marianne Jäger sah ihn an.

„Ich habe mich noch einmal mit Ralf Fischer unterhalten. Also, er hat definitiv ein Alibi. Er war in

Berlin zu einem Geschäftstreffen, da gibt es dutzende Zeugen. Er ist lediglich eher abgereist, weil er seine Frau mehrfach nicht erreichen konnte. Der gemeinsame Sohn Pascal ist derzeit zu einem Austauschsemester in Neuseeland. Sein Vater hat ihn verständigt, er dürfte übermorgen in Deutschland eintreffen."

Sie gab Frieder Lein ein Zeichen, der sein Tablet hob.

„Zwei Nachbarn haben wir inzwischen befragt, die auch mit den Fischers befreundet waren. Sie werden als allgemein beliebt und sehr nett und hilfsbereit beschrieben. Niemand hat an Kathleen Fischer vor ihrem Verschwinden irgendeine Veränderung wahrgenommen."

Mike nickte. „Also ist zu vermuten, dass Kathleen Fischer auf dem Nachhauseweg von der Kita entführt wurde. Laut der Leiterin fuhr sie immer mit dem Fahrrad über den Stadtparkring und das mit schöner Regelmäßigkeit. Ideal für eine geplante Entführung."

In diesem Moment klopfte es und ein Mitarbeiter der Spurensicherung trat ein.

Karsten Windisch sah auf. „Hallo, Bert, was gibt's?"

Dieser nickte in die Runde. „Wir haben etwas Neues. Der oder die Täter haben eine Kamera installiert, die direkt auf Kathleen Fischer gerichtet war."

Karsten sprang auf. „Und damit kommt ihr jetzt erst?", entfuhr es ihm laut, aber sein Mitarbeiter schien sich nicht daran zu stören. Jeder im Präsidium wusste, dass Karsten Windisch schnell einmal explodierte, sich aber ebenso schnell wieder abregte.

„Die Kamera war als Wildkamera getarnt. Genau wie

45

einige andere, die wir in der Nähe gefunden haben. Erst beim zweiten Überprüfen stellten wir fest, dass diese Wildkamera in Wirklichkeit ein echt teures Teil ist, dass mit Sicherheit brillante Bilder sendet."

Erst als er merkte, dass die Anwesenden ihn ansahen, errötete der junge Mann. „Ähm, also, so habe ich das jetzt nicht gemeint, ich…"

„Hör auf zu stammeln", fuhr Karsten ihn an. „Wir wissen also, dass hier einer mit einer Hightech-Kamera die ganze Scheiße gefilmt hat."

„Ein Snuff-Video?", warf Frank Keilwert ein.

Man sah ihm an, dass er vor seinem inneren Auge bereits das Darknet danach durchforstete.

„Ich denke, wenn, dann ist es für den Betreffenden ganz allein bestimmt. Er wird sich an den Qualen seines Opfers weiden wollen, warum auch immer", warf hier unvermittelt Kate ein.

Dann sah sie zu Mike. „Du solltest erwägen, einen Profiler hinzuzuziehen."

Frank Keilwert lehnte sich zurück. „Hältst du das nicht für übertrieben? Noch ist nicht auszuschließen, dass es sich um ein Verbrechen mit Motiv aus dem persönlichen Umfeld handelt."

Kate lächelte ihn an. „Du bist aber schnell von deinem Snuff Video abgerückt", stichelte sie, aber dann wurde sie ernst. „Wenn ihr meine Meinung hören wollt? Es ist noch nicht vorbei."

Kate fuhr in ihr Büro. Eigentlich hatte sie in dieser Woche noch Urlaub geplant, aber da Mike jetzt mitten in diesem Fall steckte, zu dem sie erst einmal nichts effektives mehr beitragen konnte, war es für sie logisch, einmal nach dem Rechten zu sehen. Als sie an der Ecke Bahnhofstraße- Windmühlenstraße ankam, betrachtete sie traurig den leeren Laden, in dem sich noch bis vor kurzem Daniels Kaffeerösterei befunden hatte. Seufzend stieg sie die Treppen nach oben und betrat das Büro.

„Hallo Chefin", rief ihr Chris Töpfer entgegen, der gerade am Empfangstresen stand.

Kate lächelte ihm zu. „Was? Kein bisschen Erstaunen darüber, dass ich hier so einfach hereinschneie?"

„Steven kann doch dein Auto trecken. Seitdem erfahren wir ganz genau, wenn immer du dich näherst und wir könne sofort an die Arbeit stürzen", sagte er mit toternster Miene, bis sie beide in lautes Lachen ausbrachen.

„Na, Hauptsache ihr habt Spaß", ließ sich eine Stimme aus dem Hintergrund vernehmen.

Im nächsten Moment kam Jasmin Weidner-Amri aus ihrem Büro gelaufen, obwohl gewatschelt wohl die bessere Bezeichnung wäre, wie Kate im Stillen belustigt dachte. Jasmin trug einen stattlichen Schwangerschaftsbauch vor sich her, in dem es sich ein Zwillingspärchen gemütlich gemacht hatte.

Kate runzelte etwas die Stirn. „Hast du mir nicht noch gestern gesagt, dass du jetzt offiziell im Beschäftigungsverbot bist?"

Jasmin winkte ab. „Das ist Omars verrückte Idee, und zwar schon, seit meine Zwillingsschwangerschaft feststand. Ich fühle mich wohl. Naja, abgesehen von der Tatsache, dass ich alle zwei Minuten pinkeln muss und einer von den Rackern mir permanent in den Bauch treten muss und wenn sie richtig gut drauf sind, dann machen sie das als Doppeltanzeinlage."

Sie streckte sich und stützte ihre Hände ins Kreuz.

„Aber sonst? Ich fühle mich pudelwohl. Darum bin ich Chris noch etwas zur Hand gegangen."

Kate sah zu diesem hin.

„Immer noch niemand für den Empfang gefunden?"

Dieser tippte gegen den PC. „Drei Bewerbungen, zwei haben wir uns schon angeschaut."

Er nickte in Richtung Jasmin. „Beide, naja, sagen wir mal so, hübsch anzusehen, und nix weiter. Nummer drei kommt morgen."

Jasmin hob einen Finger. „Aber es gibt auch etwas Positives zu berichten, außer der Tatsache, dass wir so viele Aufträge haben, dass wir sogar das eine oder andere abstoßen mussten. Du wolltest doch ein neues Büro als Eigentumsanlage? Daniel ist fündig geworden, zwei Häuser neben ihm. Ein Arzt gibt seine Praxis aus Altersgründen auf und hat keinen Nachfolger. Daher will er die Räume verkaufen. Da Omar ihn kennt, haben wir schon mal vorgefühlt. Der Preis wäre moderat, er ist, unter uns gesagt, froh, wenn er die Räume loshätte. Es müsste das eine oder andere saniert und umgestaltet werden, aber von der Größe her, ideal."

Kate nickte. „Klingt gut", sagte sie. „Wann könnte ich sie mir anschauen?"

Jasmin zuckte die Schultern. „Wann immer du willst, er ist ja Rentner und zeitlich flexibel. Sag mir, wann es dir passt, und ich rufe ihn an."

Kate sah sich um. Sie hatte diese Räume mit Blick auf die Bahnhofstraße auf den ersten Blick geliebt und war damals auch bereit gewesen, die ziemlich hohe Miete zu zahlen, zumal sie ein vierteljährliches Kündigungsrecht hatte. Auch, weil sie sich noch nicht sicher war, ob sie überhaupt in Deutschland bleiben und ob dieses Geschäft laufen würde.

Jetzt, wo sie beides mit ja beantworten konnte, war in ihr der Gedanke aufgekommen, sich etwas Eigenes zu suchen. Etwas, dass sie auch nach ihren Bedürfnissen und Wünschen gestalten konnte.

Dafür sprach auch, dass sie diese Räume hier dringend renovieren müsste, so sie bliebe und da sie immer mehr expandierte, sie schon jetzt fast zu klein waren. Ein wesentlicher Punkt war aber auch, dass Daniel seine neue Kaffeerösterei an der Neundorferstraße eröffnet hatte und sie so wieder die Chance hätte, Termine dorthin auszulagern, wie sie es immer bezeichnete.

Kate sah zu Chris hin. „Dann mache doch bitte einen Termin mit diesem Doktor…"

„Doktor Ferdinand", warf Jasmin ein und setzte sich auf einen der Stühle, die Füße von sich streckend.

„Ich habe die Kontaktdaten", sagte sie an Chris

49

gewandt.

„Gut", meinte Kate. „Dann so schnell wie möglich."

Chris nickte. „Und dann noch etwas, Kate", sagte er. „Wir müssen dringend im Bereich Security aufstocken. Wir haben einige Bewerbungen und Jasmin und ich haben schon etwas vorsortiert, zwei wären sehr interessant. Ich schicke dir die Unterlagen auf deinen PC?"

Kate nickte zerstreut, ihre Gedanken waren immer noch bei dem neuen Büro. „Ja, tu das und lade sie ein, beide. Wir schauen sie uns an."

Ihr Blick fiel auf Jasmin. „Willst du nicht nach Hause fahren?", fragte sie.

Jasmin schüttelte langsam den Kopf. „Eigentlich wollten Chris und ich…"

„Ich schaffe das auch allein. Kate hat recht, geh nach Hause und ruhe dich aus. Und zwar noch bevor uns Omar hier wutentbrannt das Büro stürmt."

Die beiden Frauen lachten.

„Also gut", gab Jasmin nach.

Kate lehnte sich über den Tresen. „Liegt noch etwas Dringendes an, sonst würde ich mich auch verabschieden?"

Chris schüttelte den Kopf. „Lasst mich nur alle allein", schmollte er scherzend und Kate klopfte ihm auf die Schulter. „Du machst das schon."

Kapitel 7

„Im familiären und beruflichen Umfeld von Kathleen Fischer ist wirklich kein Motiv zu finden", seufzte Marianne Jäger und lehnte sich zurück. Es ging bereits auf Mitternacht, aber jetzt erst hatten sie weitgehend alle Fakten zusammen, einschließlich Omars schriftlichen Obduktionsbefundes, der keine Überraschungen zu seinen mündlichen Ausführungen bot. Auch der Bericht der Spurensicherung entsprach im Wesentlichen dem, was Karsten Windisch in der Beratung angesprochen hatte.

Mike, der sich neben Mariannes Schreibtisch gesetzt hatte, zuckte die Schultern. „Das denke ich auch. Diese Kamerageschichte bringt wirklich noch mal eine ganz andere Note in den Fall."

„Glaubst du an diese Snuffgeschichte?", fragte sie ihn.

Er schüttelte den Kopf. „Frank will nochmal die einschlägigen Seiten durchforsten und ich will wetten, dass er auch Steven wieder mit ins Boot holt, der ja Möglichkeiten in Punkto Darknet hat, die hart an der Grenze der Legalität sind."

„Der Zweck heilig die Mittel", sagte Marianne pragmatisch. Mike bewunderte immer ihre Gleichmut diesbezüglich, aber im Wesentlichen hatte sie recht. Viele ihrer Fälle in der letzten Zeit wären nicht ohne Kates und auch Stevens Hilfe geklärt worden, auch wenn die Mittel nicht immer ganz legitim waren, die zum Erfolg führten.

„Trotzdem, wir haben nichts, gar nichts. Kein Motiv", fasste Marianne Jäger die Situation zusammen.

„Der Täter könnte Arzt und oder Kletterer sein, allein schon wegen dieser Steigeisen, die scheinbar keinen Sinn machen", sagte Frieder Lein, der gerade hereingekommen war und Mariannes Worte gehört hatte. Als weder sie noch Mike etwas sagten, fügte er erklärend hinzu: „Gewisse medizinische Kenntnisse müssen doch da sein, wenn man die Augenlider so annäht und auch die Beruhigungsmittel so dosiert, dass sie zeitnah wirken."

Mike winkte ab. „Das könnte jeder Rettungssanitäter und jeder, der aus der Pflegebranche kommt, auch."

„Heute bekommt man für fast alles eine detaillierte Anleitung im Internet oder in entsprechenden Foren", warf auch Marianne ein.

Etwas frustriert zog Frieder die Schultern nach oben, während Mike den Kopf hob. „Foren, das ist ein gutes Stichwort. Vielleicht sollte Frank…"

„Macht er schon", sagte Frieder. Dann war es eine Weile still im Raum.

Schließlich erhob sich Mike. „Wir treffen uns morgen punkt elf Uhr zur Besprechung der Soko. Machen wir Feierabend."

„Nun können wir ja unser versäumtes Frühstück nachholen", sagte Kate und griff sich die Karaffe mit dem Orangensaft. „Wann bist du denn gestern nach Hause gekommen?"

Mike biss gerade in sein Brötchen und legte es dann zur Seite. „Es war schon weit nach Mitternacht", murmelte er mit vollem Mund.

Kate lehnte sich zurück. „Da habe ich schon geschlafen. Warum bist du in dein Zimmer hoch gegangen?"

Er lächelte. „Ich wollte dich nicht stören. Ich weiß doch, dass du schon vor Tau und Tag joggen gehst."

Kates Augenbrauen schnellten in die Höhe.

„Wenn sieben Uhr für dich vor Tau und Tag ist, weiß ich ja nicht. Oder hattest du Angst, ich könnte dich überreden, endlich mal wieder mitzulaufen?"

Als Mike wie in Trance auf seinem Brötchen herumkaute, lachte Kate leise auf. „Deswegen hast du dich also dort oben verschanzt, weil du weißt, dass ich dich da nicht stören würde."

Mike sah sie mit einem treuen Hundeblick an.

„Du hast mich ertappt", raunte er.

Während sie ihm Kaffee nachgoss, küsste er sie auf die Wange. Noch ehe sie etwas sagen konnte, läutete Mikes Smartphone. Als er das Gespräch annahm, sah Kate an seiner Miene, dass wieder etwas passiert sein musste. Sie ahnte bereits, was geschehen war, als er das Gespräch beendete.

„Ein neues Opfer?", fragte sie leise und nahm einen Thermobecher, um ihm Kaffee abzufüllen.

Er nickte und stand auf. „Es wäre mir lieb, wenn du

gleich mitkommen würdest, allerdings…" Er zögerte einen Augenblick.

„Allerdings?", fragte sie.

„Es ist bei Syrau. Also dort, wo…"

„Mike, ich habe damit kein Problem. Zieh dich um." Während er mit einem Kopfnicken den Raum verließ, füllte Kate noch einen zweiten Becher ab.

Es war zu erwarten, dass es irgendwo in der Pampa wenig Möglichkeiten gab, an einen Kaffee zu kommen. Dann ging sie nach oben, um sich ebenfalls umzuziehen.

Syrau, natürlich weckte das Erinnerungen bei ihr, und zwar keine positiven. Dort war sie dem Entführer eines Mädchens in eine perfide Falle getappt, selbst entführt und um ein Haar ums Leben gekommen. Aber inzwischen war das nicht mehr allgegenwärtig und sie hatte gelernt, auch mit psychotherapeutischer Hilfe, die sie anfangs vehement abgelehnt hatte, sich aktiv mit diesem Trauma auseinanderzusetzen.

Allerdings beschäftigten ihre Gedanken sich bereits mit dem was passiert war, als dass sie dem Ort bei Klein Amerika, wie die ehemalige Gaststätte hieß, jetzt besondere Beachtung schenkte.

Sie fuhren über die Brücke und ein Stück eines Waldweges entlang, als sie durch das Dickicht des Unterholzes Blaulicht sahen und ein Notarztwagen kam ihnen entgegen. Mike fuhr rechts ran und nickte dem Fahrer sowie dem Notarzt zu, die er beide kannte. Schließlich fuhr er noch hundert Meter weiter bis zu einer Absperrung.

Dort parkte er den Wagen und Kate stieg mit ihm gemeinsam aus. Auf dem Weg vor ihnen stand ein dunkelgrüner Ranch Rover mit einem Forstlogo.

Die Heckklappe stand offen und in einem dunkelgrünen Hundebett hatte es sich ein Dackel gemütlich gemacht, der mit interessiertem Blick alles um sich herum beobachtete.

Ein Mann mittleren Alters, als Förster erkennbar, diskutierte aufgeregt mit einem jungen, uniformierten Beamten. Als dieser Mike sah, deutete er dem Mann zu warten und ging auf ihn zu.

Er nickte zu Kate und sah dann Mike an.

„Herr Hauptkommissar, guten Tag", sagte er förmlich. „Polizeimeister Kevin Franke."

Mike nickte ihm zu. „Wer ist das?", fragte er und deutete auf den Förster.

„Das ist Hajo Winter, der Revierförster. Er, beziehungsweise sein Hund, haben den Toten gefunden. Also der Hund hat sich seltsam verhalten und dann hat Herr Förster gegraben und schließlich die Kiste gefunden."

Mike und Kate sahen sich verdutzt an, dann wandte sich Mike wieder dem jungen Beamten zu.

„Also jetzt noch mal langsam. Welche Kiste hat er denn warum ausgegraben?"

Mit energischen Schritten näherte sich der Förster.

„Ich dachte, es hätte mal wieder jemand hier illegal Müll verscharrt, zumal ein Metallrohr aus dem Boden ragte", sagte er, um die verwirrenden

55

Ausführungen des jungen Polizisten zu ergänzen.

„Da habe ich einen Spaten geholt und habe gegraben. Rudi, mein Hund, hat sich seltsam verhalten und als ich dann auf die Kiste stieß…" Er schluckte und schwieg.

„Sind sie nicht auf die Idee gekommen, spätestens da aufzuhören mit der Graberei und die Polizei zu rufen?", fuhr jetzt Polizeimeister Franke dazwischen, sichtlich genervt von der Einmischung des Försters.

Der zuckte die Schultern. „Hätte ich denn ahnen können, dass so ein Irrer hier in meinem Wald einen Toten vergräbt?"

Mike seufzte. Soweit zum Thema Spuren. Mit Sicherheit waren diese durch Hajo Winters Aktion weitgehend vernichtet worden. Auf der anderen Seite war dem Förster wirklich kein Vorwurf zu machen. Wer ahnte denn so etwas?

„Herr Winter, sie können jetzt nach Hause fahren. Ich würde mich zeitnah bei ihnen noch einmal melden", sagte er zu dem Förster, der erleichtert nickte und schnell, als habe er Angst, Mike könne es sich nochmals anders überlegen, in sein Auto sprang, von innen die Heckklappe schloss und davonbrauste.

Dieser nickte dem jungen Polizeibeamten, der jetzt ziemlich ratlos aussah, zu und ging mit Kate ein Stück ins Unterholz. Dort hatte die Spurensicherung bereits Scheinwerfer aufgebaut und über eine Grube massive Bretter gelegt.

Darauf hockte, in einen weißen Overall gehüllt, Doktor Omar Amri. Gerade winkte er einen Mitarbeiter der Spurensicherung heran, um ihm beim Aufstehen zu helfen, denn der Untergrund wirkte wirklich instabil. Schließlich entdeckte er Kate und Mike und winkte sie zu sich heran.

„Opfer Nummer zwei", sagte er pragmatisch.

Inzwischen war auch Karsten Windisch herangetreten. Der Leiter der Spurensicherung steckte ebenfalls in einem Overall. Mit gerunzelter Stirn musterte er Mike und Kate und deutete schweigend zu einem kleinen aufgebauten Unterstand, wo Overalls und Schuhüberzieher bereit lagen.

„Also bitte", knurrte er und Mike hob beschwichtigend beide Hände. Nachdem er sich, ebenso wie Kate, entsprechend ausgestattet hatten, trat er wieder an die Grube.

Karsten hatte inzwischen die Bretter, die dazu gedient hatten, dass Omar den Toten „in sito", wie er es immer nannte, betrachten konnte, entfernen lassen.

In der zirka einen Meter tiefen Grube lag in der geöffneten Kiste ein junger Mann, komplett bekleidet mit Jeans, einem braunen T-Shirt mit grafischen Mustern sowie rot-weißen Sneakers. Auch seine Augenlider waren angenäht, wie bei Kathleen Fischer.

Karsten deutete auf den Deckel der Kiste, den man neben der Grube auf eine Plastikplane gelegt hatte.

„Es war ein Sichtfenster eingelassen. Außerdem war im Inneren eine Kamera angebracht."

Mike holte tief Luft. „Haben wir einen Namen?"

Karsten schüttelte den Kopf. „Nein, auch keine Vermisstenmeldung. Ein junger Mann, der vielleicht

allein lebt, da vermisst ihn nicht so schnell jemand."
Als Mike zu Omar sah, der sich gerade umständlich
aus seinem Overall befreite, hob dieser seine buschi-
gen Augenbrauen in die Höhe. „Ja. Ich gebe mir
Mühe ihn so herzurichten, dass ihr ein vernünftiges
Foto bekommt."
„Kannst du mir noch etwas sagen?"
Omar warf den Overall in den dazu vorgesehenen
Beutel und streifte die Handschuhe ab. „Bisher kann
ich keine Zeichen von äußerer Gewalt erkennen, aber
wieder einen Einstich am Hals, wahrscheinlich Betäubungsmittel wie bei Kathleen Fischer. Ich lasse ihn
gleich rüberbringen und beginne mit der Autopsie."
Nachdem Omar in Richtung seines Wagens gegangen war, hörte Mike, wie Kate leise seinen Namen
rief. Er wandte sich um und sie stand mit Karsten an
dem Deckel der Kiste.
„Schau mal", sagte sie. Innen am Deckel waren massive Kratzspuren unterschiedlicher Tiefe zu erkennen.
„Er hat versucht herauszukommen", fasste Karsten
Windisch das offensichtliche zusammen.

„Zumindest hat Omar ein einigermaßen gutes Bild hinbekommen, dass wir den Medien präsentieren können", sagte Mike und nippte von seinem Kaffee. Der Spätnachmittag war angenehm warm und er saß mit Kate auf der Terrasse. Nebenan hatte bis jetzt die Firma, die den alten Eisenzaun aufwendig restauriert hatte, diesen unter der Leitung von Ernst Winter, Kates Nachbarn, wieder eingesetzt. Jetzt war Ruhe eigekehrt und auch Herr Winter saß mit seiner Lebensgefährtin, Margarete König im Garten, um die letzten Sonnenstrahlen zu genießen.

„Wann wollt ihr damit an die Öffentlichkeit gehen?", fragte Kate.

„Morgen Vormittag, uns bleibt keine andere Wahl. Ich hoffe, Omar hat bis dahin den Autopsiebefund fertig."

Kate spähte über die Brüstung der Terrasse und hatte damit die Einfahrt zum gegenüberliegenden Haus im Blick. Dort lebten Omar und Jasmin, seit Ernst Winter ihnen das Haus, das für ihn allein zu groß war, verkauft hatte und zu Margarete König gezogen war.

„Sein Auto ist noch nicht da. Also ist er mit Sicherheit noch in der Klinik."

In diesem Moment klingelte es heftig und ausdauernd. Kate sah über ihr IPhone nach der Kamera am Eingang. „Steven", sagte sie zu Mike.

Sie erhob sich und ging über die Stufen nach unten in den Garten. „Komm rein, wir sind hier hinten", rief sie und entriegelte die Gartentür.

Steven Neubauer, IT- Spezialist von Schulz Security,

kam mit dynamischen Schritten um die Ecke gelaufen, umarmte Kate hastig und nahm die Stufen in zwei Schritten. Er stoppte vor Mike. „Ihr habt wieder einen Toten?"

Dieser hob langsam den Kopf. „Dir auch einen schönen guten Tag", sagte er leicht zynisch und deutete auf einen der Stühle.

Steven schnitt mit der Hand durch die Luft, als sei das alles nebensächlich. „Also?", fragte er eindringlich.

Mike seufzte vernehmlich. „Ja. Einen unbekannten, männlichen Toten. Zufrieden?"

Steven legte seinen Laptop, den er faktisch immer bei sich trug, vor Mike auf den Tisch und startete ihn. Mit wenigen Klicks rief er das Bild des Toten auf.

Mike schnellte mit dem Oberkörper nach vorn.

„Du hast dich wieder bei uns eingehackt? Das Bild…"

Wieder machte Steven eine unwillige Bewegung und blendete ein neues Bild ein. Es war der Tote, aber auf diesem Bild ziemlich lebendig.

Kate war ebenfalls herangetreten und sah auf den Bildschirm.

Dann wechselte sie mit einem raschen Blick zu Mike, der wie paralysiert auf das Bild starrte.

„Woher…", fragte er leise und endlich setzte sich Steven hin. Er fuhr sich mit der Hand durchs Haar.

„Sein Name ist Benjamin Haase. Er war ein Mitkommilitone von mir und arbeitet in einer Computerfirma hier in Plauen. Zuletzt allerdings fast ausschließlich im Homeoffice."

Kate hatte sich ebenfalls wieder gesetzt. „Und warum?", fragte sie.

„Er leidet unter Klaustrophobie, die sich in den letzten Jahren enorm manifestiert hat. Es war schon zu Studienzeiten schlimm, aber danach wurde es noch schlimmer. Es kam noch eine Art soziale Phobie dazu. Jedenfalls kaufte er sich eine große Altbauwohnung Richtung Preiselpöhl. Hauptsache hohe Decken und er hat alle nichttragenden Wände entfernen lassen. Es ist ein einziges riesiges Zimmer geworden, aber damit kommt er klar."

„Und das konnte er so einfach finanzieren?", fragte Mike skeptisch.

Steven lachte auf. „Du scheinst nicht zu wissen was ein guter IT-ler verdient und Ben war einer der ganz Guten. Außerdem sind seine Eltern vor Jahren bei einem Verkehrsunfall ums Leben gekommen und als das einzige Kind erbte er eine nicht unerhebliche Summe. Er hätte auch ohne seinen Job gut ausgesorgt."

Mike war irgendwie erleichtert, so makaber das war. Aber wenigstens musste er den Eltern jetzt nicht die Todesnachricht überbringen. Außerdem hatten sie jetzt einen Namen und er konnte die Öffentlichkeits-anfrage noch rechtzeitig zurückziehen lassen.

„Kannst du mir sagen, wie er gestorben ist?", fragte Steven und Mike sah kurz zu Kate, die nickte.

Wenn er es nicht tat, würde sich Steven wieder in die Polizeiakten einhacken und irgendwann würde diese Sache einmal ganz dumm ausgehen. Also sagte er ihm das, was sie bisher wussten.

Entsetzt schüttelte Steven den Kopf. „Wer macht denn so etwas?", sagte er leise und sichtlich ge-schockt.

Kate legte ihm die Hand auf die Schulter. „Das ist die Frage", antwortete sie und erhob sich. „Es wäre gut, du gibst jetzt Mike alle Details zu Benjamin. Ich lasse euch dann mal allein."

Kapitel 8

Mike wartete in Omars Büro, wo ihm dessen Assistentin eine Tasse Kaffee hingestellte.

„Er kommt gleich", hatte sie ihm zugeraunt.

Noch am Abend war er mit Marianne Jäger in Benjamin Haases Wohnung gefahren, begleitet von einem Team der Spurensicherung. Von Steven hatte er erfahren, dass der junge Mann bei einer betagten Nachbarin einen Schlüssel hinterlegt hatte. Diese erwies sich, so erinnerte sich Mike jetzt amüsiert, als durchaus hartnäckig und hatte sich reichlich wenig von seinem Dienstausweis beeindrucken lassen.

„Haben sie einen richterlichen Durchsuchungsbeschluss?", hatte sie mit in die Hüften gestützten Händen gefragt und die Männer der Spurensicherung mit bösen Blicken angefunkelt. „Was soll überhaupt dieser Auflauf? Benjamin ist ein sehr netter und zuvorkommender junger Mann und mit Sicherheit nicht in irgendwelche Machenschaften verwickelt. Sie bekommen von mir seinen Schlüssel nur, wenn er es mir persönlich mitteilt."

Dabei hatte sich die kleine Person, die sicher unter 150 Zentimeter groß war in die Höhe gereckt und damit ausgedrückt, dass sie sich auch nicht von einer Gruppe Männer, woher sie auch immer kamen, einschüchtern lassen würde.

Es war wie immer Marianne Jäger gewesen, die die Situation entspannte. Sie hatte Frau Karsten, wie die Nachbarin von Benjamin Haase laut Stevens

Auskunft hieß, ganz ruhig die Umstände erläutert und ihr auch klar gemacht, warum sie keine Erlaubnis mehr von Benjamin Haase erhalten konnte.

Die alte Dame war sichtlich geschockt, reichte aber Marianne ohne Zögern den Schlüssel.

„So ein netter junger Mann, wer tut denn so etwas?", stammelte sie immer wieder, während Marianne sie behutsam in deren Wohnung zurückführte, während Mike mit der Spurensicherung Benjamin Haases Wohnung betrat. Steven hatte recht, es war ein einziger riesiger Raum, der aber keinesfalls ungemütlich wirkte.

Besonders die PC und Laptops, von denen es einige gab, zogen Karsten Windischs Aufmerksamkeit auf sich. „Alles einpacken", wies er seine Leute mit einer Geste an. „Das kriegen alles unsere IT-ler, mal schauen was sie finden."

In der Wohnung selbst gab es keinen Hinweis auf einen Kampf oder andere Ungereimtheiten. Mit Sicherheit hatte der oder die Täter auch ihn draußen abgepasst, was angesichts der aufmerksamen Nachbarin ja auch scheinbar klüger gewesen war.

Da Benjamin Haase, nach Stevens Aussage, nicht sehr oft seine Wohnung verließ, musste sein Tagesablauf genau studiert worden sein. Genau wie bei Kathleen Fischer, die aber durchaus berechenbarer als Benjamin Haase gewesen sein dürfte.

„Hallo Mike", riss Omars Stimme diesen aus seinen Gedanken. Der Pathologe ließ sich ihm gegenüber in einen Stuhl fallen, der ein bedenkliches Knirschen von sich gab. „Also, wie ich schon vor Ort sagte, keine Spuren von äußerer Gewalt. Er wurde mittels Injektion, Einstichstelle am Hals, betäubt. Nach dem Einstichkanal zu deuten von vorn, der Täter ist Rechtshänder, ungefähr 170 Zentimeter groß. Natürlich unter Vorbehalt, ich sage mal plus, minus 10 cm."

Mike nickte. „Wie bei Kathleen Fischer. Also kannten beide den Täter?"

Omar zuckte die Schultern. „Das ist anzunehmen, denn ich habe keine Spuren für Abwehrbewegungen gefunden."

Mike nippte nachdenklich an seinem Kaffee, der inzwischen kalt geworden war, aber das schien er nicht zu bemerken. „Also, der Täter verwickelt sie in ein Gespräch, zieht plötzlich die Spritze heraus und sticht sie in den Hals? Aber da hätten sie sich gewehrt."

Omar stand auf und ging zu seiner Kaffeemaschine, um sich ebenfalls eine Tasse einzuschenken.

„Wenn sie die Spritze gesehen haben. Vielleicht haben sie erst den Einstich gemerkt und da das Betäubungsmittel direkt in die Blutbahn injiziert wurde, dürfte es schnell gegangen sein. Der Täter sprang zurück und konnte so von ihnen nicht mehr berührt werden."

Mike nickte langsam. „So könnte es gewesen sein. Aber an was ist Benjamin Haase nun gestorben?"

Omar nahm wieder Platz und strich über sein Tablet. „Er ist erstickt", fasste er es kurz zusammen.

Mike runzelte die Stirn. „Erstickt? Laut Karsten war das Luftrohr intakt."

Omar nickte. „Ja, war es auch. Aber hast du dir mal den Durchmesser angeschaut? Das war genau berechnet. Für jemand, der ganz still und bewegungslos in der Kiste ausgeharrt hätte, wäre der zugeführte Sauerstoff vielleicht ausreichend gewesen. Aber Benjamin Haase war panisch, er hat innerhalb kürzester Zeit nach dem Aufwachen hyperventiliert. Das Fenster war mit Sicherheit deswegen eingelassen, dass er mitverfolgen konnte, wie sein…nun ich sage es mal so, sein Grab, mit Erde zugeschaufelt wurde. Daher waren auch bei ihm die Augenlider angenäht, im Übrigen mit dem gleichen chirurgischen Faden wie bei Kathleen Fischer. Er versuchte panisch herauszukommen, daher die Kratzspuren am Deckel. Seine Fingerkuppen waren blutig, die Nägel fast alle abgebrochen. Er hat gekämpft, aber seine Panik war stärker. Durch die massive Hyperventilation hat er mehr Sauerstoff verbraucht als durch das schmale Rohr zugeführt wurde. Er ist erstickt."

Mike rieb sich mit beiden Händen über die Wangen. „Gibt es sonst noch irgendetwas, was uns weiterhelfen könnte?"

Omar sah wieder auf sein Tablet. „Also, Benjamin Haase war von seiner ganzen Kondition ein leicht zu überwältigendes Opfer, bei seinen 165 Zentimetern wog er gerade mal 50 kg. Muskelmasse fast gleich Null. Er entsprach wohl genau dem Bild des Computernerd. Seine letzte Mahlzeit war eine Fertigpizza und Cola, also auch das klassische Klischee."

Mike musste etwas lächeln. „Das lass mal nicht Steven hören."

Steven Neubauer war, im ganzen Gegenteil zu Benjamin Haase und einigen anderen seiner Zunft, ein sehr gesundheitsbewusster junger Mann, der aktiv Sport trieb, sich vegetarisch ernährte und weder Cola noch Kaffee anrührte.

Omar lächelte zurück. „Eine rühmliche Ausnahme. Aber darüber hinaus habe ich nichts bei Benjamin Haase gefunden was euch irgendwie weiterhelfen könnte. Keine Hinweise auf ein Sexualverbrechen, nichts. Außerdem waren noch zwei volle Mineralwasserflaschen in der Kiste. Aber das hat dir sicher schon Karsten gesagt?""

Mike nickte und erhob sich. „Gut, da kann man nichts machen. Aber wenn er diese Wasserflaschen in der Kiste hatte, wollte der Täter gar nicht das er stirbt?"

Omar, der sich ebenfalls erhoben hatte, zuckte die Schultern und legte sein Tablet auf den Tisch. „Wenn er nicht hyperventiliert hätte, und das ist jetzt nur eine Annahme von mir, wäre er mit dem Sauerstoff und dem Wasser ausgekommen. Vielleicht wollte ihn der Täter wieder ausgraben?"

Mike atmete tief ein. „Wenn ich das wüsste", murmelte er. Irgendwie nahm dieser Fall für ihn immer unerklärlichere Züge an.

„Wer kümmert sich denn um die Beisetzung und so, wenn der junge Mann keine Verwandten hat?"

Mike griff nach seiner Jacke. „Steven will das organisieren. Es gibt wohl noch einen Onkel in Holland."
Er nickte Omar zu und verließ das Gebäude. Draußen atmete er tief durch. Irgendwie jagten ihn die Räumlichkeiten auch nach all den Jahren noch ein gewisses Unbehagen ein. Er entriegelte seinen Wagen, den er neben dem von Omar geparkt hatte, stieg aber nicht ein.

Was hatten sie bis jetzt? Zwei Opfer aus einem völlig verschiedenen Umfeld. Aber zumindest war eine Gemeinsamkeit erkennbar, beide hatten eine ausgeprägte Phobie und es war gerade diese Phobie, die den Täter auf irgendeine Weise anzog, ihn zum Mörder machte. Alle Taten waren akribisch, bis ins letzte Detail geplant. Und, das musste Mike sich leider eingestehen, sie hatten es wahrscheinlich wieder mit einer Serie zu tun. Die Frage war nur, wann würde der Täter wieder zuschlagen, wenn es ihnen nicht gelingen würde, ihn schnellstens zu schnappen? Davon waren sie leider noch meilenweit entfernt, zumindest nach der derzeitigen Spurenlage.

Seufzend stieg er in seinen Wagen. Vielleicht hatte Frank Keilwert etwas auf Benjamin Haases PC`s gefunden, was ihnen weiterhelfen könnte.

Mit Erstaunen nahm Mike zur Kenntnis, dass er in Frank Keilwerts Allerheiligstem, wie die Kollegen scherzhaft seine computergestützte Zentrale nannten, Steven Neubauer antraf. Der IT-Spezialist von Schulz Security saß mit zwei anderen Polizisten an den diversen PC´s und Laptops, die sie bei Benjamin Haase mitgenommen hatten.

Bei seinem Eintritt erhob sich der Hauptkommissar Internetkriminalität und kam auf Mike zu.

„Ehe du fragst, ist alles mit dem Alten abgestimmt. Die Dinger sind geschützt wie Fort Knox. Daher schien es uns geraten, Steven gleich hinzuzuziehen, er wusste wohl am besten, wie Haase tickte."

Der Alte, damit war Peter Kögler, der Leiter des Plauener Polizeireviers gemeint. Die Tatsache, dass er gestattete, dass schon in diesem frühen Stadium der Ermittlungen Zivilpersonen hinzugezogen wurden, machte deutlich, wie brisant der Fall war und wie ihm die Öffentlichkeit bereits im Nacken saß.

„Und?", fragte Mike ungeduldig.

Steven wandte sich halb um. „Also zaubern kann ich auch nicht", murmelte er unwirsch, um sich sofort wieder in seine Arbeit zu versenken.

Frank Keilwert sah Mike vielsagend an.

„Ja, ich gehe ja schon", brummte der und ging hinauf in sein Büro. Auf dem Weg dorthin traf er Marianne Jäger.

„Na, warst du bei den Computernerds?", fragte sie und Mike winkte ab. „Sogar Steven hockt jetzt mit da unten, aber es scheint nicht viel herauszukommen."

„Wenn er das hören würde", erscholl eine Stimme hinter ihnen. Als Mike herumfuhr, sah er Karsten Windisch grinsen und mit seinem Tablet winken.

„Kommt mal mit, ich habe was."

In Mikes Büro setzte er sich und wartete, bis dieser und Marianne ebenfalls Platz genommen hatten.

„Wir haben DNA gefunden, an der Kamera in Benjamin Haases Kiste. Leider hat es keinen Treffer gebracht, als wir sie durch das System geschickt haben, aber bringe mir einen Verdächtigen und …"

Er hob, etwas zu theatralisch für Mikes Geschmack, die Hände in die Luft.

„Erst einmal einen haben", murmelte Marianne und Karsten schaute geradezu beleidigt, weil niemand seine Begeisterung zu teilen schien.

„Dann haltet euch ran", sagte er pikiert und erhob sich.

„Danke", rief Mike ihm noch nach, aber der winkte nur ab. In diesem Moment stürmte Frank Keilwert, gefolgt von Steven, in den Raum. Letzterer trug einen Laptop in der Hand und stellte ihn auf Mikes Schreibtisch. „Wir haben ihn geknackt", sagte Steven lakonisch und Frank grinste etwas. „Wir? Das warst du."

Steven winkte ab. „Es war Teamarbeit, einigen wir uns darauf. Am Ende auch egal, das Ergebnis zählt."

Mike sah zwischen den beiden hin und her. „Ja und?", fragte er aufgeregt.

Steven winkte ihn heran. „Zwei wichtige Sachen. Als erstes haben wir den Namen des Psychotherapeuten, bei dem Ben in Behandlung war und als zweites seinen Zugangscode für einen Selbsthilfeblog. Und jetzt rate, wer dort ebenfalls angemeldet war?"

„Kathleen Fischer", sagten Mike und Marianne wie aus einem Mund.

Gespielt pikiert sah Steven zu Frank. „Da frag ich mich wirklich, wozu die uns noch brauchen, wenn sie schon alles wissen?"

„Zum Beispiel, um herauszufinden, wer den Blog leitet?", ging Mike auf den Scherz ein, auch wenn ihm gar nicht so zumute war.

Steven zwinkerte ihm zu. „Schon erledigt, wenn auch noch nicht komplett. Ein DocQ."

Mike runzelte die Stirn. „Was ist denn das für ein bescheuerter Name? Klingt wie ein Rapperpseudonym aus den 1980-ziger Jahren."

Steven zuckte die Schultern. „Dafür kann ich nun wirklich nichts, aber ich gebe mir Mühe, herauszufinden, wer hinter dem Pseudonym steckt."

„Und wie heißt jetzt der Psychotherapeut von Benjamin Haase?", fragte Marianne, nachdem Steven den Laptop wieder aufgenommen hatte.

„Ein Doktor Konrad Rademacher", antwortete Frank und deutete auf Mikes PC. „Habe ich euch schon alles geschickt."

Dann klopfte er Steven auf die Schulter. „Komm, wir suchen jetzt DocQ."

Die Praxis von Doktor Rademacher, insofern man diese als solche bezeichnen konnte, lag im Erdgeschoss einer sehr repräsentativen Villa im Plauener Westend. Marianne Jäger glaubte sich erinnern zu können, dass diese für einem bekannten Plauener Textilfabrikanten erbaut worden war.

Zu DDR- Zeiten als Kindergarten genutzt, verfiel diese in den 1990-ziger Jahren und war jetzt in neuem Glanz erblüht, wobei die alten Strukturen geradezu liebevoll restauriert worden waren. Allein die Bleiglasfenster mit Plauener Stadtmotiven wie der Johanniskirche, dem Nonnenturm oder dem alten Rathaus waren eine Augenweide.

Während Marianne sich umsah, bemerkte Mike eine attraktive Brünette mit einem leicht fliederfarbenen Oberteil zu engen, schwarzen Hosen und bequemen Schuhen.

„Einen wunderschönen guten Tag. Sie haben einen Termin?" Sie schenkte Mike ein bezauberndes Lächeln und nickte dann Marianne lediglich zu.

Mike zückte seinen Ausweis. „Hauptkommissar Köhler und das ist meine Kollegin Kommissarin Jäger. Ist Herr Rademacher zu sprechen?"

Erstaunt starrte sie auf Mikes Ausweis, dann schien sie sich zu fangen.

„Herr Doktor Rademacher ist gerade im Gespräch", sagte sie, den Titel stark betonend. Dann wies sie auf einen Raum. „Wenn sie dort Platz nehmen würden, ich visiere sie dann dem Herrn Doktor an."

Mit einem verbindlichen Lächeln, das nicht mehr so

strahlend war wie zur Begrüßung, ließ sie die beiden Beamten in einem gemütlichen Raum, bestehend aus diversen bequemen Sitzgelegenheiten, Grünpflanzen und dezenter Musik, zurück.

„Ich visiere sie dann dem Herrn Doktor an", wiederholte Marianne. „Ist das hier eine Folge von Downton Abbey?" Mike musste unwillkürlich lachen.

In diesem Moment kam ein Mann um die Sechzig, bekleidet mit einem legeren, wenn auch hochwertigem T-Shirt, weißer Hose und sockenlosen, hellen Tennisschuhen, in den Raum. Er schien gut in Form zu sein, jedenfalls bewegte er sich dynamisch und auch unter seinem Shirt zeichnete sich nicht der für diese Altersgruppe häufig auftretende Bauchansatz ab. Der Psychotherapeut musterte die beiden Anwesenden, ohne auch nur ein Wort zu sagen.

Mike zeigte seinen Ausweis vor, den dieser schweigend, aber gründlich musterte. „Kriminalpolizei? Was wollen sie von mir?"

Mike steckte seinen Ausweis betont langsam zurück in seine Tasche. „Herr Konrad Rademacher?", fragte er schließlich und sah den Mann an, der einen halben Kopf kleiner war als er selbst.

Dieser straffte sich unwillkürlich. „Doktor Rademacher, jawohl", bestätigte dieser.

„Ist Herr Benjamin Haase ein Patient von ihnen?", kam Mike gleich zur Sache, da der Psychotherapeut scheinbar nicht gewillt war, sie in sein Zimmer zu führen.

Die Augenbrauen seines Gegenübers schossen in die

Höhe. „Wieso wollen sie das wissen?", erfolgte die Gegenfrage.

„Ja oder nein?" Mikes Geduld schien sich langsam den Nullpunkt zu nähern.

Der Psychotherapeut musterte erst ihn, dann Marianne und hob die Hände. „Ich erteile grundsätzlich keine Auskünfte meine Klienten betreffend, Herr Hauptkommissar. Und jetzt einen guten Tag."

Mike sah zu Marianne, die ein gewinnendes Lächeln aufsetzte. „Dann werden sie eine Vorladung von uns erhalten, Herr Doktor Rademacher. Ich denke, dass sie ihnen morgen zugeht. Wir wollten ihnen den Weg ersparen, da ihre Zeit sicherlich begrenzt ist. Aber natürlich akzeptieren wir es, wenn sie jetzt nicht mit uns sprechen wollen."

Rademacher runzelte die Stirn. „Mein Anwalt…"

„Oh, den können sie natürlich mitbringen, gar kein Problem." Marianne Jäger, noch immer gleichbleibend freundlich, legte die Hand auf die Türklinke. Gerade als sie diese herunterdrücken wollte, lenkte der Psychotherapeut ein.

„Also gut, kommen sie mit. Ich will mir nicht nachsagen lassen müssen, dass ich der Polizei gegenüber negativ eingestellt bin. Kriminalpolizei, sagten sie? Hat Herr Haase eine Straftat begangen? Obwohl, das kann ich mir bei ihm nun wirklich nicht vorstellen."

Rademacher war voran in sein Büro geeilt und hatte die ganze Zeit nur über seine linke Schulter gesprochen, wohl in der Hoffnung, dass ihm die beiden Beamten zügig folgten. Schließlich wies er auf einen

kleinen Tisch mit zwei schokobraunen Sesseln. Er
selbst setzte sich hinter seinen hellen Holzschreib-
tisch. Überhaupt dominierten nur Naturfarben den
Raum, was ihn in seiner Atmosphäre sehr hell und
angenehm erscheinen ließ.

„Benjamin Haase war also ihr Patient?", fragte Mike
jetzt noch einmal.

„Ja, er…sagten sie gerade war?" Rademacher stockte.
Als Mike ihm nicht antwortete, fragte er nach. „War?
Er lebt nicht mehr? Hat er sich suizidiert?"

Mike hob die Augenbrauen nach oben und wechselte
einen kurzen Blick mit seiner Kollegin. „Wie kommen sie darauf?"

Der Psychotherapeut holte kurz Luft. „Ich darf
ihnen…"

„Jetzt hören sie mir einmal zu, Herr Doktor Rademacher. Benjamin Haase ist tot und nein, er hat sich
nicht suizidiert. Er wurde ermordet. Und jetzt beantworten sie endlich meine Frage. Wieso war ihr erster
Gedanke, er könnte sich umgebracht haben?"

Mike hatte die Stimme erhoben, was bei ihm selten
vorkam. In diesem Moment wurde die Tür geöffnet
und die junge Frau von eben streckte den Kopf herein. „Alles in Ordnung, Herr Doktor?", fragte sie besorgt und sah dann Mike mit einem Blick an, als habe
sie diesen gerade dabei erwischt, wie er den Therapeuten überfallen hatte.

Rademacher winkte mit einer affektierten Geste ab.
„Danke, Anna, alles in Ordnung. Der Herr Hauptkommissar hat nur leicht die Contenance verloren.

Kein Wunder, wenn man in seinem Beruf so vielen Stressoren ausgesetzt ist. Da verliert man leicht die innere Balance. Sie sollten etwas dagegen unternehmen, frühzeitig!" Er lächelte Mike provokant an, was dieser unkommentiert ließ.

Nachdem die junge Frau auf das Kopfnicken ihres Chefs hin, widerwillig, wie man sah, die Tür hinter sich schloss, wandte Mike sich dem Psychotherapeuten wieder zu. „Würden sie jetzt meine Frage beantworten?"

Rademacher setzte sich geradezu provozierend langsam in seinem Sessel auf und legte die Fingerspitzen aneinander um diese eingehend zu mustern.

„Benjamin hatte massive Probleme, die sich in letzter Zeit manifestierten. Seine Compliance, hinlänglich der therapeutischen Angebote meinerseits, war geringer denn je. Daher war es meine Befürchtung, dass er…" Er legte die Hände langsam vor sich auf den Schreibtisch. Als Mike zu Sprechen ansetzte, hob er die Hand. „Weiter werde ich ihnen nichts sagen. Auch nach seinem Tod hat Benjamin das Recht auf Verschwiegenheit meinerseits."

Marianne Jäger erhob sich, sodass Mike nichts weiter übrigblieb, es ebenfalls zu tun.

„Danke", quetschte er zwischen den Lippen hervor, was der Psychotherapeut mit einem huldvollen Lächeln quittierte. An der Tür blieb er kurz stehen und sah noch einmal zurück. „Noch eine Frage, war Kathleen Fischer auch eine Patientin von ihnen?"

Als er keine Antwort erhielt, nickte er nur und

schloss die Tür von außen. Das Zucken im Mundwinkel des Therapeuten hatte ihm alles gesagt. An der Rezeption wurde er mit einem eisigen „Auf Wiedersehen" verabschiedet, der Gruß für Marianne Jäger fiel nicht viel herzlicher aus.

„So ein arrogantes Arschloch", sagte Mike, nachdem sie die Villa verlassen hatten, in einer für ihn unüblichen Wortwahl. Marianne grinste.

„Ich hätte es nicht besser zusammenfassen können. Also scheinbar ging es Benjamin Haase richtig schlecht, warum sonst hätte er spontan auf Suizid getippt?"

Mike nickte, während er ihr zum Wagen folgte.

„Und Kathleen Fischer war auch Patientin bei ihm. Sein Blick hat ihn verraten. Außerdem brauchen wir nur den Ehemann zu fragen, er wusste ja bestimmt, zu welchen Therapeuten seine Frau gegangen war."

Noch ehe seine Partnerin etwas erwidern konnte, kam ein Mini auf den Parkplatz gefahren und heraussprang, gewohnt dynamisch, Annalena „Abby" Heimat, Kates ehemalige Mitarbeiterin und jetzige Psychologiestudentin. Sie lief auf die beiden Beamten zu, reichte Marianne die Hand und umarmte Mike.

„Du bist schon wieder im Dienst? Wie war die Hochzeitsreise? Wie geht es Ben?", bombardierte sie ihn mit Fragen.

Dieser musterte die kleine Person vor sich, die, wie unschwer zu erkennen, Abby Sciuto aus Navy CIS zu ihrem modischen Vorbild erkoren hatte.

„Ja, ich bin wieder im Dienst, die Hochzeitsreise war

klasse. Ben geht's gut und er lässt dich grüßen",
fasste Mike schmunzelnd zusammen.

Dann wurde er ernst. „Und was machst du hier?",
fragte er und sah unwillkürlich in Richtung Eingangstür.

Sie lächelte. „Ich absolviere seit vergangener Woche
mein Praktikum hier. Und ihr?", fragte sie neugierig,
noch immer ganz Kates ehemalige Mitarbeiterin.

Mike sah sie nachdenklich an. „Das ist eine längere
Geschichte."

Abby grinste breit. „Natürlich. Ich komme heute
Abend mal vorbei, ich will ja schließlich meine alte
Chefin begrüßen."

Sie winkte ihm und Marianne zu und lief, erstaunlich
schnell und elegant auf den hohen Bleistiftabsätzen,
auf die Eingangstür zu.

„Was denkst du?", fragte Marianne und Mike
seufzte. „Das es einerseits ein Vorteil sein könnte,
dass Abby hier ihr Praktikum macht, andererseits
kann es auch in einer Katastrophe enden."

Kapitel 9

Es war Doktor Feigler anzusehen, dass er bei der Erwähnung des Namens des Psychotherapeuten Rademacher Unbehagen verspürte. Mike sah zu ihm hin. Der Psychiater war, wie bereits häufiger, von der Polizei als externer Gutachter zur Soko Syratalbrücke hinzugezogen worden, um sie mit seiner fachlichen Expertise zu unterstützen.

Als er Mikes Blick auf sich spürte, atmete er kurz aus. „Lassen sie uns an ihren Gedanken teilhaben, Doc?", ermunterte Mike ihn und der Arzt nickte.

„Ich überlege mir nur, wie ich die Einschätzung für Konrad Rademacher am besten in Worte fasse", sagte er.

„Wenn ich mal unseren Kollegen Köhler zitieren darf? Arrogantes Arschloch", warf Marianne Jäger ein und alle Anwesenden, einschließlich des Psychiaters, lachten.

„Das macht es mir schon etwas leichter", sagte dieser schließlich. „Konrad Rademacher ist ein Blender und in Fachkreisen mit seinen Methoden der Therapie, besonders von Phobiepatienten, höchst umstritten. Schon seine Promotion, die er an irgendeiner fragwürdigen Universität in Bratislava gemacht hat, ist suspekt. Aber das nur am Rande."

Mike war hellhörig geworden. „Was ist denn an seiner Therapie von Angstpatienten so fragwürdig?"

„Er setzt ausschließlich auf Konfrontationstherapie, also den Betroffenen mit seinen Ängsten zu konfrontieren. Das ist per se nicht schlecht, aber seine Methoden sind es. Menschen mit sozialer Phobie zu einem riesigen Event mitzunehmen und plötzlich allein zu lassen. Unverantwortlich."

Marianne Jäger sah erst den Psychiater, dann Mike an.

„Oder jemand mit Klaustrophobie in eine Kiste einzusperren?", fragte sie und der Psychiater sah sie alarmiert an. „Das wollte ich ihm damit nicht unterstellen. Nein, ich denke, diesen Schritt würde auch er nicht gehen."

Mike wog langsam seinen Kopf hin und her.

„Wir werden sehen", sagte er leise. „Immerhin hatte Benjamin Haase zwei Wasserflaschen in der Kiste und ein Atemrohr. Vielleicht sollte er nicht sterben und es war nur ein Experiment, das völlig daneben ging?"

„Aber wie passt das zu Kathleen Fischers Tod?", hakte Omar ein. In diesem Moment fuhr der Kopf von Karsten Windisch nach oben.

„Die Steigeisen", murmelte er und tippte in seinem Tablet. Als die Anwesenden ihn anstarrten, schüttelte er nur den Kopf. „Ich muss das erst verifizieren", sagte er.

Mike erhob sich. „Wie dem auch sei, Marianne und ich fahren jetzt erst einmal zu Ralf Fischer." Dann sah er zu Frank Keilwert. „Wie sieht es mit eurem ominösen DocQ aus?"

Dieser lächelte. „Steven ist dran, ich denke, er knackt es bald."

„Hat er mich angezeigt?", fragte Ralf Fischer, nachdem er die beiden Beamten in sein Wohnzimmer gebeten hatte. Sie hatten ihn gleich an der Tür gefragt, ob ihm der Name Doktor Rademacher etwas sagt. Mike und Marianne sahen sich erstaunt an.

„Wer hat sie angezeigt?", fragte Mike.

„Na Rademacher", sagte Fischer und nahm Platz.

„Das müssen sie uns schon etwas näher erklären", schob Marianne nach und beugte sich etwas nach vorn. Ralf Fischer stieß langsam den Atem aus.

„Also, bitte halten sie mich nicht für einen Macho oder so, aber als mir Kathleen sagte, sie breche die Therapie bei Rademacher ab, da wusste ich, dass irgendetwas nicht stimmt."

„Vielleicht wollte sie einfach die therapeutische Unterstützung nicht mehr?", warf Mike ein und erhielt ein trauriges Lächeln von Fischer. „Sie kannten Kathleen nicht. Nichts von dem, was sie je angefangen hat, hat sie so einfach beendet. Außerdem, bei allen Freiräumen, die wir uns gegenseitig eingeräumt haben, haben wir alles besprochen, jedenfalls größere Entscheidungen. Als sie mir das so plötzlich sagte, da wusste ich, dass etwas nicht stimmt. Und so war es auch. Rademacher hat sie belästigt, das Schwein."

Noch immer war die Wut seitens Fischers auf den Psychotherapeut geradezu greifbar.

„Sexuell?", fragte Marianne nach.

Fischer holte tief Luft. „Nach langen bohrenden Fragen meinerseits hat es mir Kathleen dann erzählt. Also, es waren nur Sprüche, Gesten, Aufforderungen.

Immer subtil und nie direkt. Aber Kathleen war…angeekelt, ja, das ist das richtige Wort. Angeekelt von diesem Kerl. Daher hat sie die Therapie abgebrochen."

Marianne Jäger runzelte etwas die Stirn. „Und davon wollte sie ihnen nichts sagen?"

Fischer sah die Beamtin an. „Naja, ich war in meiner Jugend ein ziemlicher Hitzkopf, dass wusste Kathleen noch. Sie dachte wohl, ich mache mich gleich auf den Weg zu Rademacher und stelle ihn zur Rede."

„Und, hatte sie recht mit ihrer Befürchtung?", fragte Marianne nach und Fischer senkte den Kopf wie ein Schuljunge, den man gerade beim Spicken erwischt hatte.

„Ja, aber ich wollte ihn wirklich nur zur Rede stellen, das müssen sie mir glauben. So etwas geht doch nicht. Seine Patientinnen vertrauen sich ihm an und er…" Er schüttelte entrüstet den Kopf. Schließlich fuhr er fort. „Dieses arrogante Arschloch", gebrauchte er genau Mikes Worte, was Marianne mit einem Seitenblick auf diesen quittierte. „Er hörte mir mit seiner blasierten Art, stumm dazusitzen, zu und sagte mir schließlich, er könne wohl nichts für die sexuellen Fantasien meiner Frau, die sie auf ihn projiziere. Sie sei wohl…" Er errötete etwas. „Er sagte, sie sei wohl sexuell unbefriedigt und das läge ja wohl an mir."

Instinktiv ballte er die Fäuste auf seinen Knien.

„Dann habe ich die Beherrschung verloren und habe ihm einen soliden rechten Haken versetzt."

Jetzt grinste er kurz, wurde aber sofort wieder ernst. „Er drohte mir mit einer Anzeige und Kathleen war ziemlich sauer deswegen."

Mike sah ihn eindringlich an. „Und warum haben sie uns das nicht schon beim letzten Mal erzählt? Es könnte wichtig für unsere Ermittlungen sein."

Fischer erwiderte seinen Blick. „Ich habe gar nicht daran gedacht. Das müssen sie mir glauben, Herr Hauptkommissar. Ich war so schockiert von Kathleens Tod…" Er brach ab und rang um Fassung.

Marianne Jäger erhob sich und legte eine Hand auf seine Schulter. „Das verstehen wir, Herr Fischer", sagte sie und sah Mike an.

Der nickte. Er glaubte dem Mann. Welchen Grund hätte er auch gehabt, es ihnen zu verheimlichen?

Er erhob sich. „Im Übrigen, Rademacher hat sie nicht angezeigt. Ich denke, ihm ist die Sache sogar noch peinlicher als ihnen, Herr Fischer."

Dieser sah zu Mike. „Dem und irgendetwas peinlich? Das glauben sie doch selbst nicht."

Kapitel 10

„Ihr habt was vor?" Mike glaubte seinen Ohren nicht zu trauen. Omar hob begütigend die Hand, noch ehe Karsten Windisch und Kate antworten konnten.

„Mike, Kate hat nicht nur die ungefähre Größe von Frau Fischer und auch das Gewicht kommt in etwa hin, sie ist absolut schwindelfrei."

„Außerdem", hakte hier Karsten Windisch ein. „Kate ist doppelt gesichert. Einmal mit einem Spezialseil und durch ein Sprungtuch der Feuerwehr. Es kann also nichts schief gehen."

Mike schüttelte den Kopf. Es war Karstens irrsinnige Idee gewesen, wie er es bezeichnete, auszuprobieren, ob Kathleen Fischer sich, wenn sie denn ihre Höhenangst überwunden hätte, durch die angebrachten Steigeisen in Sicherheit hätte bringen können. Dazu mussten sie aber ausprobieren, ob dies technisch überhaupt möglich gewesen wäre.

Kate hatte sich spontan bereit erklärt, eine Tatsache, die bei ihm auf wenig Begeisterung stieß.

„Mike, ich habe Klettererfahrung und wie Karsten schon sagte, bin ich wirklich gut gesichert", sagte sie jetzt in ihrer ruhigen Art und er erkannte an ihrem Ton, dass nichts und niemand sie umstimmen würde.

„Wisst ihr, was das für einen Auflauf gibt?", versuchte Mike noch ein Argument ins Feld zu führen.

Der Leiter der Spurensicherung winkte ab.

„Kein Thema. Ich habe mit der Feuerwehr gesprochen. Die sehen das gleich als Übung, also wird der ganze Einsatz als solcher laufen. Damit sperren wir alles ab. Punktum."

Mike sah zu Marianne Jäger, die mit den Schultern zuckte. „Wenn Kate doppelt gesichert ist und es sich zutraut, warum nicht? Dann wissen wir, ob der Täter es als eine Art Experiment nutzen wollte."

„Immerhin", warf Omar hier ein. „Er hat bei Benjamin Haase zwei Flaschen Mineralwasser in die Kiste gelegt und er hätte sogar ausreichend Sauerstoff zur Verfügung gehabt. Sind diese Steigeisen tatsächlich so montiert, dass sie von Kathleen Fischer nutzbar gewesen wären, dann habt ihr den Beweis."

Mike sah von ihm zu Marianne. „Den Beweis wofür? Das wir es mit einem Psychopaten zu tun haben?"

„Nein", sagte Kate ruhig. „Den Beweis, dass es sich um ein Experiment gehandelt hat, wie Marianne so richtig sagte. Die Frage ist doch, wer hätte Interesse an so einem Experiment?"

„Rademacher", sagten jetzt Mike und Marianne fast zeitgleich und Kate nickte.

„Es kann losgehen." Karsten Windisch hob den Daumen und im nächsten Moment sah man von unten, wie Kate in der Konstruktion, in der man auch Kathleen Fischer über das Brückengeländer gehängt hatte, langsam über den Rand heruntergelassen wurde. Da die Spuren alle gesichert waren, hatte Karsten entschieden, die Originalkonstruktion zu verwenden, um möglichst realitätsnah zu bleiben.

Er hatte sie auch noch einmal von zwei unabhängigen Prüfern auf ihre Sicherheit testen lassen und diese hatten, zumal noch ein weiteres Seil Kates Sicherheit gewährleistete, grünes Licht gegeben.

Seit dem frühen Morgen war der gesamte Bereich rund um die Syratalbrücke großräumig abgesperrt worden, was auch in den sozialen Medien als Feuerwehrübung deklariert wurde. Langsam bewegte sich Kate jetzt auf die Position zu, in der man Kathleen Fischer gefunden hatte.

Mike starrte nach oben, konnte aber keine Angst in Kates Miene erkennen. „Sie macht das toll", murmelte Karsten neben ihm und beobachtete angespannt die Situation. Mike knurrte nur, was ihm einen schrägen Blick des Leiters der Spurensicherung einbrachte.

„Gut, reicht so", brüllte jetzt neben ihm Omar so laut, dass er ebenso wie Mike zusammenzuckte.

Er hielt die Tatortfotos in der Hand und korrigierte mit Handzeichen die Position. Vorwurfsvoll sah er zu dem Pathologen hin, der gar nicht reagierte. Aber er hatte recht, Kate befand sich in genau der richtigen

Position. Karsten gab den Feuerwehrleuten, die von oben die Bungeeseile sowie das zusätzliche Sicherheitsseil mit Kate herabließen, ein kurzes Handzeichen. Diese nickten und verankerten die Seile.

Jetzt schwebte Kate exakt in der Position, in der man Kathleen Fischer gefunden hatten. Unter ihr standen Feuerwehrmänner mit einem Sprungtuch bereit, nur für den Notfall, dass sie abstürzen würde. Für den Fall, dass sie in der Konstruktion kippen und nach vorn oder hinten fallen sollte, standen zwei Feuerwehrmänner auf der ausgefahrenen Leiter eines Feuerwehrautos parat. Karsten schien wirklich an alles gedacht zu haben.

Kate atmete tief ein und aus, dann begann sie bewusst, Körperspannung aufzubauen. Sie sah die Steigeisen rechts neben sich an dem Brückenpfeiler und wusste, dass auch diese nochmals von den Spezialisten auf ihre Haltbarkeit getestet worden waren. Mit einem Blick auf Karsten Windisch, der einen Daumen in die Höhe streckte, begann sie in der Konstruktion mit Schwingbewegungen, die sofort auf die Bungeeseile übertragen wurden. Es dauerte keine Minute und sie begann auf- und niederzuschwingen, aber auch von rechts nach links.

Jetzt versuchte sie, die seitlichen Schwingbewegungen durch bewusstes zur Seite hin beugen zu beeinflussen. Nach ein paar Fehlversuchen klappte es und Kate schwang Richtung des Brückenpfeilers und knallte dagegen.

„Autsch", kommentierte Omar unten, denn von dort

sah es schmerzhafter aus, als Kate es tatsächlich empfand. Mit Sicherheit würde sie morgen einige blaue
Flecke haben. Beim nächsten Heranschwingen gelang
es ihr, eines der Steigeisen zu greifen, rutschte aber
ab und wäre fast nach vorn gekippt. Aber es gelang
ihr, ihre Sitzposition wieder zu stabilisieren.
Im dritten Anlauf klappte es. Sie hatte den ersten
Steigbügel erreicht und klammerte sich daran fest.
Jetzt begann die eigentliche Schwerstarbeit, nämlich
sich, in luftiger Höhe, aus der Konstruktion zu befreien. Zwar wusste Kate, dass sie ein zusätzliches Sicherungsseil hatte, aber Kathleen Fischer hätte es
nicht gehabt.
Nachdem sie aus der Konstruktion mühsam heraus-
geklettert war und mit dem Fuß das nächste Steigeisen erreicht hatte, klickte sie das Sicherungsseil ebenfalls ab. Sie wusste, dass man das von unten sehen
musste, aber niemand rief etwas zu ihr herauf.
Trotz der Anstrengung lächelte sie. Es waren eben
Profis, die sie auf keinen Fall gefährden wollten. Was
Mike ihr erzählen würde, wenn sie unten ankam,
darüber wollte sie jetzt lieber nicht nachdenken.
Überhaupt forderte der Abstieg jetzt ihre volle Kon-
zentration. Der letzte Steigbügel war knapp drei Meter über dem Boden und sie sah in das Sprungtuch
hinein. „Geht bitte weg", rief sie den Feuerwehrleuten zu. Als diese nicht reagierten, rief sie, diesmal
noch lauter: „Weg mit dem Tuch, aber schnell."
Der Leiter des Feuerwehreinsatzes sah zu den Kriminalbeamten hinüber und auch Karsten, der mehr

oder weniger bisher alles entschieden hatte, sah Mike an. Dieser nickte und die Feuerwehrleute rückten mit dem Tuch zur Seite. Kate holte tief Luft, dann ließ sie sich an dem Brückenpfeiler langsam nach unten gleiten. Natürlich kamen ihr hier ihre Klettererfahrungen zugute, aber es wäre auch für einen Menschen, der einigermaßen sportlich war, machbar gewesen. Schließlich hing sie mit ihrem gesamten Körpergewicht an dem Steigeisen, dass sie mit beiden Händen fest umklammert hatte. Unter ihr war jetzt nur noch ein geringer Abgrund von einem knappen anderthalb Meter. Aus dem Augenwinkel sah sie den Mitarbeiter von Karsten Windisch, der das gesamte Szenario filmte. Schließlich ließ sie sich fallen, rollte kurz ab und sprang auf die Füße. Sie nickte den Feuerwehrleuten lächelnd zu und lief zu Karsten Windisch und den anderen.

„Es ist also machbar", sagte sie lediglich und nahm von Mike ihre Jacke entgegen, die dieser ihr wortlos reichte.

„Das war ganz große Klasse", sagte Omar enthusiastisch und umarmte sie fest. Kate warf aus dem Augenwinkel einen Blick auf Mike, der etwas die Mundwinkel nach oben verzog. „Du weißt aber schon, dass ich nach so kurzer Ehe noch keinen Anspruch auf Witwergeld habe?", sagte er trocken und Kate lachte laut auf, während sie sich aus Omars Umarmung löste.

„Deshalb bin ich ja auch heil wieder heruntergekommen", sagte sie und lehnte sich gegen ihn.

„Also handelte es sich doch um eine Art Experiment", fasste Mike die Erkenntnisse zusammen, während alle Anwesenden, die sich im Beratungsraum eingefunden hatten, Doktor Feigler ansahen. Dieser wog bedenklich den Kopf hin und her.

Schließlich sah er Mike an. „Das wäre eine Möglichkeit und ich weiß, dass sie damit Rademacher im Fokus haben. Aber trotz aller Bedenken auch meinerseits zu seinen Behandlungsmethoden, spätestens nachdem Kathleen Fischer bei dem Experiment."

Das letzte Wort malte er mit Anführungszeichen in die Luft. „Gestorben ist, hätte er diese, ich nenne es mal Versuchsreihe, abgebrochen. Rademacher mag ein Egomane sein, aber er ist auch Mediziner und Wissenschaftler."

Kate, die ebenfalls an der Beratung teilnahm, sah den Arzt eindringlich an.

„Es gibt eine Menge an Beispielen, in denen auch Mediziner gegen jede Art von hippokratischen Eid verstoßen haben und das sogar unter dem Deckmantel der Wissenschaft."

Der Psychiater nickte. „Da haben sie sicher recht, Frau Schulz, aber trotzdem…" Er brach ab, weil nach einem kurzen Klopfen die Tür geöffnet wurde.

Peter Kögler, der Revierleiter, trat ein, gefolgt von einem jungen Mann.

„Ich störe ihre Beratung nur ungern, aber ich wollte die Gelegenheit nutzen, ihnen unseren neuen Staatsanwalt, Herrn Doktor Gebhardt vorzustellen."

Dann stellte er die Anwesenden im Einzelnen vor.

Als er bei Kate angekommen war, sah der Staats-anwalt diese interessiert an. „Sie sind also die ehemalige FBI Beamtin, die beratend für die Polizei tätig ist?"

Kate nickte und reichte dem jungen Mann die Hand, die dieser ergriff. „Eigentlich habe ich meine eigene Detektei und Personenschutzfirma", sagte sie und der Staatsanwalt lächelte. „Ich weiß, Schulz Security."

Kate war erstaunt, wie gut informiert der Mann war. „Ich finde es gut, dass sie die Polizeibehörde mit ihren Erfahrungen unterstützen."

Dann wandte er sich an Mike. „Gibt es schon Durchbrüche im neusten Fall?"

Dieser schüttelte leicht den Kopf. „Wir verfolgen mehrere Spuren, aber noch keine konkrete", sagte er kryptisch, eigentlich der Standartsatz für die Presse. Der Staatsanwalt schien das zu bemerken und lächelte. „Nun ja, wenn ich sie irgendwie unterstützen kann, lassen sie es mich wissen."

Er sah die anderen noch einmal kurz an „Auf Wiedersehen", sagte er und ging mit dem Revierleiter hinaus.

„Das war das erste Mal, das ein Staatsanwalt sich freiwillig in unseren heiligen Hallen eingefunden hat", murmelte Karsten Windisch, nachdem sich die Tür geschlossen hatte.

Mike nickte. Der Staatsanwalt wirkte dynamisch und durchsetzungswillig. Das war etwas, was unter dem, inzwischen in Pension gegangenen, Staatsanwalt

Walter nicht, oder vielmehr nicht mehr gegeben hatte. Dieser war froh gewesen, wenn ihn niemand belästigt hatte und wenn es unumgänglich war, hatte seine mangelnde Entscheidungsfreudigkeit die Ermittlungen eher behindert. Vielleicht würde jetzt endlich ein neuer Wind wehen.

Dieser Doktor Gebhardt wirkte auf den ersten Blick, als würde er flache Hierarchien favorisieren. Das würde Mike und auch den anderen Beamten durchaus in die Karten spielen und ihre Arbeit erleichtern. Kate sah auf ihre Uhr. „Entschuldigt bitte, aber ich muss mich hier ausklinken. In einer halben Stunde habe ich ein Einstellungsgespräch, das ich nicht abdelegieren kann."

Mike nickte und sie griff nach ihrer Tasche.

Kaum hatte Kate den Raum verlassen und Mike seine Augen wieder auf Doktor Feigler gerichtet, dessen Ausführungen durch das Eintreffen des Staatsanwaltes unterbrochen worden waren, als Frank Keilwert, gefolgt von Steven Neubauer, eintrat.

Letzterer grinste breit, was den Anwesenden klar machte, das sie etwas Positives zu verkünden hatten. „Wir haben DocQ geknackt", sprudelte Steven heraus, noch ehe Frank etwas sagen konnte.

Kate hatte sich noch einmal die Bewerbung auf ihrem Laptop kurz angesehen, als der junge Mann gemeinsam mit Chris Töpfer hereinkam. Sie hob den Kopf, stand auf und reichte ihm die Hand.

„Matthew Fisher?", fragte sie und der junge Mann nickte. „Ja, Ma`am."

Kate deutete auf den Stuhl neben sich. „Kate bitte."

Der US-Amerikaner nickte. „Mich nennen alle Matt."

Kate sah zu Chris, der gerade das Büro verlassen wollte. „Bitte bleib."

Sie sah zu Matt. „Chris ist mein Stellvertreter, ich denke er sollte bei dem Gespräch dabei sein."

Chris nahm Platz und während er für alle Kaffee einschenkte, musterte Kate den Bewerber.

Es war un

schwer zu erkennen, dass es sich um einen ehemaligen Marine handelte. Große, athletische Figur, kurzer Bürstenhaarschnitt und eine korrekte Körperhaltung.

„Waren sie auch im Auslandseinsatz?"

Matt sah sie direkt an. „Ja, Ma´am, ich meine Kate. Afghanistan. Vierundzwanzig Monate."

Sie nickte und nahm einen Schluck Kaffee.

„Sagen sie, was treibt sie nach Deutschland und besonders nach Plauen?"

Er holte tief Luft und Kate spürte eine gewisse Unsicherheit. „Meine Freundin Maria hat in Boston studiert. Dort haben wir uns kennengelernt, als ich aus Afghanistan zurückkam. Als klar war, dass sie wieder zurück nach Deutschland geht, naja, da bin ich ihr gefolgt. Sie hat eine Marketingfirma in Greiz, ihrer Heimatstadt, gegründet, und ein Bekannter von ihr hat gesagt, dass bei Schulz Security in Plauen noch Leute im Securitybereich gesucht würden."

Kate nickte. „Warum sind sie bei den Marines ausgeschieden?"

Ihr Gegenüber schluckte etwas, dann holte er tief Luft. „Sie waren beim FBI Atlanta?", fragte er mit belegter Stimme.

Kate, die es nicht gerade schätzte, wenn man eine Frage mit einer Gegenfrage beantwortete, besonders in einem Bewerbungsgespräch, sah ihn schweigend an. Er schien es zu akzeptieren das er keine Antwort erhielt.

„Dann stimmt es also und es würde keinen Sinn machen, ihnen irgendeine Geschichte aufzutischen, die sie, aufgrund ihrer Beziehungen, bestimmt schnell und gründlich überprüfen würden."

Langsam erhob er sich. „Sorry, ich hätte gar nicht kommen sollen. Es war die verrückte Idee von Maria und…"

„Setzen sie sich", unterbrach ihn Kate und Chris, der bisher geschwiegen hatte, sah sie erstaunt und etwas erschrocken an. Sie sah es aus dem Augenwinkel.

„Bitte", schob sie nach, aber der Tonfall blieb der gleiche. Das, was Mike scherzhaft ihren FBI-Ton nannte. Matthew Fisher kam der Aufforderung umgehend nach.

Jetzt lehnte sich Kate etwas zurück. „Die Idee ihrer Freundin, sich bei uns zu bewerben, war gut. Was ist in Afghanistan vorgefallen?", fragte sie und sah an einem leichten Blinzeln ihres Gegenübers, dass sie ins Schwarze getroffen hatte.

Chris bewegte sich auf seinem Stuhl unruhig hin und her. „Also wenn sie das lieber allein mit Kate...", begann er, aber Kate hob ihre Hand. „Du bleibst bitte hier", sagte sie und er nickte zögerlich.

Es war offensichtlich, wie unangenehm ihm die Situation war. Dann schwenkte ihr Blick wieder zu dem Marine, der einen Schluck des servierten Kaffees nahm. „Ich bin, also ich war, Scharfschütze. Ohne angeben zu wollen, ein ziemlich guter. Wir sind in einen Hinterhalt geraten, meine Kameraden sind alle umgekommen, mich haben sie gefangen genommen. Bitte ersparen sie mir Details."

Er sah Kate an, die nickte. „Nach der Befreiung wurde ich in die Staaten geschickt, ich selbst habe nur noch verschwommene Erinnerungen daran. Körperlich war ich schnell wieder auf dem Damm und ich drängte darauf, wieder zurückzukommen."

Kate hatte die Stirn leicht in Falten gelegt.

„Sie haben alle psychologischen Tests bestanden?", fragte sie ungläubig.

Ein leichtes Lächeln glitt über sein Gesicht. „Ich bin Scharfschütze", antwortete er, als würde das alles erklären.

Kate nickte. „Lassen sie mich raten. Die Flashbacks kamen?"

Er holte tief Luft. „Ja, zwei Mal während eines Einsatzes. Ich war nicht mehr tragbar. Also schickten sie mich wieder zurück, zu unzähligen Psychodoc`s, bis ich die Nase voll hatte und ausgeschieden bin. Meine Familie verzeiht mir das bis heute nicht, zumal mein Vater ein alter Veteran ist. Maria war die Einzige, die mich in dieser Zeit verstanden hat."

Kate schwieg eine Weile, dann stand sie auf. Matt erhob sich ebenfalls eiligst. Sie reichte ihm die Hand über den Tisch hinweg. „Gut, Matt, wann können sie anfangen?"

Fassungslos starrte er sie an. „Sie wollen mich trotz allem…"

Sie nickte. „Ja, unter der Bedingung, dass sie sich weiterhin in psychologische Behandlung begeben. Wir haben einen sehr guten Psychiater, mit dem ich in einigen Fällen zusammengearbeitet habe und der auch mir bereits wertvolle Tipps gegeben hat."

Als Matt sie prüfend ansah, nickte sie.

„Ich weiß aus eigene Erfahrung wie es ist eine Geisel zu sein. Obwohl ich nicht körperlich misshandelt wurde. Dafür kam ich bei dem Befreiungsversuch fast ums Leben."

Matthew Fisher schüttelte ihre Hand. „Danke, dass sie mir eine Chance geben."

Kate sah Chris an. „Du regelst bitte alle Formalitäten mit Matt und weist ihn in die Details ein?"

Ihr Stellvertreter nickte eifrig, scheinbar froh aus der für ihn unangenehmen Situation endlich befreit zu sein.

Als die beiden Männer an der Tür waren, sagte Kate. „Matt, warum sprechen sie so gut deutsch?"

Er wandte sich um und zum ersten Mal kam ein

breites Lächeln in sein Gesicht. „Meine Großmutter ist Deutsche. Ich bin bei ihr aufgewachsen und sie legte Wert darauf, immer mit mir deutsch zu sprechen."

Als Kate nickte und er sich abwandte, sagte sie noch: „Ach Matt, im Übrigen duzen wir uns alle hier. Okay?"

Kapitel 11

„Franko Martin, er ist der Inhaber oder Leiter oder
was auch immer dieses Selbsthilfe- Blogs. Vierund-
dreißig Jahre alt, abgebrochenes Psychologiestudium,
unverheiratet, lebt in einer Einraumwohnung im
Chrieschwitzer Hang." Zufrieden klappte Steven
Neubauer seinen Laptop zu.
„Bisher strafrechtlich nicht in Erscheinung getreten",
schob Frank Keilwert nach.
„Aber", übernahm jetzt wieder Steven. „Er hat an der
gleichen Uni studiert wie ich. Also habe ich meinen
alten Psycho-Prof angerufen."
„Du hattest Psychologie im Studium?", fragte Karsten und runzelte dabei die Stirn.
Steven drehte die Augen nach oben. „Ja. Vor allen
Dingen, um mit Menschen umgehen zu können, die
nervige Fragen stellen."
Karsten lachte und Steven grinste ebenfalls. „Nein,
im Ernst. Medienpsychologie. Aber das ist ein anderes Thema. Jedenfalls kennt mein Prof ihn, vielmehr
kannte er ihn. Franko Martin war, und das sagte
mein wirklich abgefahrener Prof, ausgesprochen seltsam. Er wurde schließlich exmatrikuliert, aber warum konkret, da hat er sich bedeckt gehalten."
„Ich kenne den jungen Mann ebenfalls", warf plötzlich Doktor Feigler ein. Alle Anwesenden wandten
sich ihm zu. „Er hat ein Praktikum in der Klinik absolviert, das müsste zwei, drei Jahre her sein."
Er sah Steven an. „Ich muss ihrem Professor recht

geben. Er war ein wirklich seltsamer Mensch. Bei einigen Patienten kam er allerdings sehr gut an, besonders bei Menschen mit Zwangsstörungen. Bei anderen wiederum nicht. Aber die meisten Probleme gab es in der Interaktion innerhalb des Teams. Er war nicht in der Lage sich zu integrieren. Sogar seine Pausen hat er immer allein verbracht und an Teamsitzungen nahm er nur teil, wenn es sich nicht vermeiden ließ. So leid es uns tat, aber wir mussten das Praktikum vorzeitig beenden und haben das auch seiner Uni mitgeteilt."

„Gut", fasste Karsten Windisch das Gehörte zusammen. „Wir suchen also einen wirklich komischen Vogel, der einen Blog leitet."

Ein kurzes Lachen erfolgte, dann erhob sich Mike. „Marianne, dann suchen wir diesen jungen Mann doch einmal auf."

Während sie zum Auto gingen, klingelte Mikes Smartphone. Erstaunt sah er auf die Nummer, es war Abby. Er gab Marianne ein Zeichen, die inzwischen einstieg und er nahm das Gespräch an.

„Mike? Ich wollte dir etwas zu den Rademachers sagen." Er lehnte sich an den Kühler des Wagens und deutete Marianne, dass es wohl noch eine Weile dauern könne. „Bist du in seiner Praxis?", fragte er nach, als er Abbys Lachen hörte. „Hältst du mich für komplett bescheuert? Ich habe Mittagspause und sitze in meinem Auto und ja, ich habe die Fenster zu."

Mike musste unwillkürlich grinsen. „Sorry. Also, was hast du?"

„Rademacher hat ein Verhältnis mit seiner, tja, ich weiß wirklich nicht, wie die sich offiziell nennt. Assistentin vielleicht? Also mit dieser Anna Simon. Ich habe sie zusammen gesehen, das war so etwas von eindeutig. Eindeutiger geht es gar nicht."

„Glaubst du, seine Frau weiß etwas?"

Er hörte ein leises Schnauben am anderen Ende.

„Und wenn, wäre es Rademacher völlig wurscht, glaub mir. Seine Frau ist für ihn so eine Art Ausstellungsstück und Zuchtkuh."

Mike stieß den Atem aus. „Harte Worte", sagte er.

„Glaub mir, so ist es. Du müsstest mal die Wohnung sehen, die könnten glatt einen Preis bei *Schöner Wohnen* holen. Darin installiert eine reizende und elegante Frau und hübsche Kinder. Alles tadellos. So führt er es Geschäftspartnern und Bekannten vor. Die intakte Familie."

Mike nickte für sich. „Also ist es anzunehmen, dass Rademacher auch Kathleen Fischer Avancen gemacht hat?"

Abby lachte so laut, dass Mike sein Telefon vom Ohr weghalten musste. „Avancen? Der Kerl baggert an, und zwar enorm."

Mike wurde hellhörig. „Dich auch?", fragte er alarmiert.

Wieder lachte Abby. „Ich bin schon ein großes Mädchen, okay? Ja, und er hat die richtig große Baggerschaufel rausgeholt. Leider für ihn mit mäßigem Erfolg. Mal schauen, wie lange ich mein Praktikum noch machen kann."

Mike ging in Richtung Fahrertür. „Gut Abby, danke für die Info und pass auf dich auf."

„Versprochen", sagte diese und beendete das Telefonat.

Mike stieg in den Wagen und während er losfuhr, gab er Marianne einen kurzen Abriss des Gesprächs.

„Rademacher scheint sich ja wirklich unheimlich beliebt zu machen", sagte sie sarkastisch und Mike nickte, während er in Richtung Dittrichplatz fuhr.

„Also wenn es nach mir ginge, wäre der Kerl ganz oben auf meiner Liste."

Marianne wog den Kopf hin und her. „Er ist gewiss, und jetzt zitiere ich mal meinen Chef, ein Arschloch und, wie ich hinzufügen möchte, ein absoluter Narziss. Aber macht ihn das zu einem eiskalten Mörder?"

Mike grinste etwas. Dann nickte er. „Du hast ja recht. Schauen wir erst einmal, was uns bei diesem Franko Martin erwartet."

Sie schwiegen, bis sie den Chrieschwitzer Hang erreichten. Während Marianne Mike durch die Blöcke lotste, sagte sie: „Ich war zehn Jahre, als meine Eltern hier eine Neubauwohnung ergattert haben, Elfgeschosser, aber wir waren selig. Endlich Heizung und ein Bad. Ist im übrigen rückgebaut worden, das Haus meine ich."

Sie deutete nach links. „Hier ist es."

Sie hatten Glück, ein Anwohnerparkplatz war frei und Mike stellte sich dort hin. Kaum waren sie ausgestiegen, als ein älterer Mann mit schnellen

Schritten auf sie zukam.

„Hier dürfen sie nicht parken, können sie nicht lesen?", fuhr er sie an und deutete auf das Schild neben ihnen.

Als Mike keine Anstalten machte, wieder in sein Auto zu steigen und der Forderung Folge zu leisten, kam der Mann bedrohlich nahe an ihn heran. „Wegfahren. Sofort, oder ich rufe die Polizei."

Mike griff in seine Tasche und zog den Ausweis heraus. „Ich habe sogar einen Parkausweis und ich rate ihnen, wegen so etwas nicht die Polizei zu rufen. Das könnte für sie teuer werden."

Er ließ den verdutzt schauenden Mann stehen und folgte Marianne, die schon auf die Haustür zusteuerte. Jetzt sah er, dass der Mann ihnen folgte.

„Wohnen sie hier?" Er schlug einen scharfen Ton an und sah, wie der Mann fast Haltung annahm. „Jawohl", sagte er knapp.

Mike deutete auf die Haustür. „Dann schließen sie bitte auf."

Ohne zu fragen, zu wem sie wollten, öffnete er die Haustür und Mike trat nach Marianne ein. Während der Mann nach oben schlurfte, deutete Marianne auf den Fahrstuhl. „Sechster Stock", flüsterte sie Mike zu. Der nickte.

Es war besser, direkt vor der Wohnungstür eines zu Befragenden zu stehen, als sich durch eine Wechselsprechanlage verständigen zu müssen. Auf dem langen Flur lag eine Tür neben der anderen. Einraumwohnungen eben.

Ganz am Ende standen an der Tür lediglich zwei Buchstaben, ein F und ein M.

„Da will wohl jemand nicht gefunden werden?", sagte Mike und klingelte. Keine Reaktion.

Mike drückte heftiger auf die Klingel. Schließlich hörte er hinter der Tür leise Schritte und dann ein Geräusch, das er nur zu gut kannte.

„Marianne", schrie er und schubste sie so heftig am Arm, dass sie gegen die Wand prallte und zu Boden fiel. Mike warf sich ebenfalls auf den Boden, als ein Schuss knallte und das Türblatt durchbohrt wurde.

Kapitel 12

Franko Martin starrte auf die gegenüberliegende Wand und vermied jeden Augenkontakt, sowohl mit Mike als auch mit Marianne. Als er jetzt so vor ihnen im Vernehmungszimmer saß, klein, schlank, blass, wie jemand, der sich nur selten in der Natur aufhielt, hatte er so gar nichts martialisches an sich und wirkte auch nicht wie ein Waffennarr.

Nachdem er durch die verschlossene Tür auf Marianne und ihn geschossen hatte, war durch das SEK, dass Mike sofort hinzuzog, dem Spuk innerhalb von Minuten ein Ende gesetzt worden. Martin war, unter den Augen sämtlicher Hausbewohner und Nachbarn, die sich spontan eingefunden hatten, ins Präsidium gebracht worden.

Die Waffe stellte sich als ein Luftgewehr heraus, dessen Diabolo das dünne Türblatt durchbohrt hatte.

„Tja, eben keine Wertarbeit", hatte Kilian Brehmer, der Leiter des SEK sarkastisch gesagt und die Waffe zwecks Spurensicherung nach draußen getragen.

„Herr Martin, warum haben sie auf uns geschossen?", fragte Mike jetzt zum dritten Mal, aber sein Gegenüber schwieg beharrlich.

Marianne setzte sich und sah ihn eine Weile an.

„Herr Martin, sie wollten uns mit Sicherheit nicht verletzen. Warum haben sie dann geschossen? Fühlen sie sich bedroht? Ist das der Grund?"

Sie sah, wie Franko Martin tief Luft holte.

„Ja", sagte er schließlich mit einer erstaunlich tiefen

und sanften Stimme. „Ich werde bedroht. Ich dachte…" Er schwieg wieder.

„Was dachten sie?", fragte Marianne nach. Auch zu ihr baute er keinen Blickkontakt auf, aber sprach wenigstens mit ihr. Mike hielt sich deshalb bedeckt.

„Das sie vor der Tür stehen und mich holen wollen."

„Wer sind SIE?", fragte Marianne geduldig nach.

„Psychiater. Solche Leute, die gegen meinen Blog sind, meine Art mit diesen Menschen zu kommunizieren, ihnen Hilfe anzubieten, jenseits des Mainstreams, der nur Psychopharmaka und teure Therapien kennt, die doch nichts bringen, außer wieder neue Medikamente und neue Therapien."

Er wurde jetzt richtig laut und sein Kopf begann eine gefährliche Rötung zu zeigen.

„Sie sind es, die mich wegbringen wollen, aber nicht mit mir." Er schüttelte den Kopf immer wieder.

Mike deutete Marianne, ihm nach draußen zu folgen.

„Ich bin gleich zurück, Herr Martin. Hier sind sie erst einmal in Sicherheit", sagte diese in ihrer beruhigenden Art.

Draußen ließ sich Mike gegen die Wand fallen.

„Na toll. Jemand mit Verfolgungswahn hat mir gerade noch gefehlt. Am besten, wir holen Doktor Feigler her, er kennt ihn ja. Vielleicht hat er sich auch von Kathleen Fischer und Benjamin Haase verfolgt gefühlt?"

Marianne zuckte die Schultern. „Möglich ist alles. Frag den Staatsanwalt nach einem Durchsuchungsbeschluss für seine Wohnung, vielleicht finden wir dort einen Hinweis."

Mike nickte und zückte sein Smartphone, während sich Marianne Jäger bemühte, Doktor Feigler zu erreichen.

„Du hast wirklich einen traumatisierten Scharfschützen eingestellt?", fragte Mike, während er Mascha streichelte, deren Schnurren den ganzen Raum erfüllte. Kate zog etwas die Augenbrauen in die Höhe. „Ja, immerhin ist er ein ehemaliger Marine. Einen solchen Glücksfall, jemand wie ihn in mein Team zu bekommen, kann ich mir keinesfalls entgehen lassen. Und ich habe nicht vor, ihn als Scharfschützen einzustellen."

Mike schüttelte den Kopf. „Aber du hast vor, ihn eine Waffe tragen zu lassen?"

„Wenn er zum Beispiel als Bodyguard arbeitet, natürlich. Wir werden sie ordnungsgemäß beantragen, wie bei Holger und Marcus auch, wobei Marcus sie eh so gut wie nie nutzt. Ich bin schon froh, wenn er seine vorgeschriebenen Schießübungen absolviert."

Sie sah Mike an, der nach wie vor skeptisch wirkte.

„Er hat eine Chance verdient. Oder sollte ich jetzt auch keine Waffe mehr tragen, weil ich fast in die Luft geflogen bin?" Sie drückte es bewusst lax aus, was ihrem Mann einen Seufzer entlockte, worauf Mascha entrüstet zu Boden sprang, ihn anfauchte und mit erhobenem Schwanz in Richtung Küche schritt.

„Das habe ich nun davon. Keine der beiden Frauen in meinem Leben sind heute richtig zufrieden mit mir."

Kate nahm den Scherz als Geste seinerseits, das Thema zu wechseln und erhob sich. „Also, die beiden Frauen in deinem Leben haben Hunger. Maschas Dose steht im Kühlschrank und ich mache mich rasch etwas frisch und dann gehen wir zum Italiener, okay?"

Obwohl Mike sich eher einen gemütlichen Abend zu Hause vorgestellt hatte, erhob er sich ebenfalls, als sein Dienstsmartphone klingelte. Alarmiert blieb Kate mitten im Zimmer stehen und sah ihn an, während er das Gespräch annahm.

Schweigend hörte er zu. „Ich komme", sagte er knapp und sah Kate an. Diese ahnte, was er gleich sagen würde. „Ein neuer Toter?"

Er nickte und griff nach seiner Jacke. „Ja, verdammter Mist."

Sie griff nach seinem Arm. „Soll ich mitkommen?"

Wieder nickte er. „Das wird wohl das Beste sein."

Sie lief schnell in Richtung Küche. „Ich füttere nur noch schnell Mascha und fülle uns etwas Kaffee ab. Fahre du inzwischen das Auto raus."

Während Mike in Richtung Garage ging, atmete er mehrfach tief ein und aus. Er ahnte, dass sie jetzt gleich mit einer Steigerung der bisherigen Szenarien in dieser bizarren Mordserie konfrontiert werden würden und wenn er ehrlich war, machte ihm das Angst, große Angst.

Der Staatsanwalt hatte im Fall Franko Martin keine Veranlassung für eine Unterbringung gesehen und hatte auch eine Überwachung abgelehnt, vor allen Dingen, weil man in der Wohnung oder vielmehr dem einen Zimmer, dass Franko Martin bewohnte, nichts, aber auch gar nichts gefunden hatte, was ihn mit der Tat in Verbindung brachte.

„Du glaubst also, er könnte es gewesen sein?", fragte ihn Kate, als sie mit Mikes Wagen und aufgesetztem Blaulicht in Richtung Haselbrunn rasten.

„Ich habe mit Doktor Feigler gesprochen. Er sagte, rein vom planerischen könnte er es gewesen sein. Martin ist der absolute Perfektionist, das würde also zu seiner Persönlichkeitsstruktur passen. Aber wie schon gesagt, die Beweislage ist dünn und Doktor Gebhardt hat mir, trotzdem er meine Situation versteht, gesagt, dass er ihn deswegen nicht in die Psychiatrie einweisen kann. Es würde uns um die Ohren fliegen, wenn Martin sich einen Anwalt nimmt."

Sie kamen in der Nähe der Markuskirche in eine Straßensperre, der Schutzpolizist hob sofort die Hand, um Mike passieren zu lassen. Vor einem alten Mietshaus hielten sie an. Feuerwehrautos versperrten den Weg, sodass sie die letzten Meter laufen mussten. Ein weiterer Polizist wies ihnen den Weg durch eine Einfahrt in einen Hinterhof, in dem ein erstaunlich gut saniertes, flaches Gebäude stand.

Mike musterte es und die Umgebung stirnrunzelnd. „Das war, soweit ich weiß, ganz früher mal eine kleine Stickerei und dann, nach der Wende, ein Fitnessstudio mit Sauna."

Ein Feuerwehrmann mit Vollschutzausrüstung kam aus dem Gebäude. Er kannte Mike und stoppte direkt vor ihm. „Bleibt lieber noch eine Weile draußen, wir haben jemand vom Tierschutz angefordert."

Mike sah auf den großen SUV, der die halbe Einfahrt versperrte. „Doktor Amri ist schon da?"

Der Beamte nickte. „Er hat von uns auch einen Voll-
schutz bekommen."

Kate sah von ihm zu Mike. „Und warum?", fragte sie
schließlich.

„Spinnen", sagte der Mann lakonisch. „Und zwar
richtig große. Wir wissen nicht, ob davon welche gif-
tig sind, deshalb der Tierschutz. Die haben jemand,
der sich damit auskennt. Was da drin abgegangen ist,
ist wirklich krank. Seht ja zu das ihr diesen Irren
stoppt."

Mit einem Kopfschütteln bewegte sich der Feuerwehrmann in Richtung Straße. Kate und Mike sahen
sich an.

Inzwischen kam eine Gestalt aus der Tür, die die beiden erst auf den zweiten Blick erkannten.

Es war Omar Amri und wie der Feuerwehrmann
schon gesagt hatte, trug er eine Vollschutzausrüstung
inklusive Helm und Gesichtsvisier. Nachdem er ver-
geblich versuchte, sich aus dem Anzug zu befreien,
sprang Mike ihm zu Hilfe, während Kate ihm Helm
und Visier abnahm.

„Danke", keuchte Omar schließlich und ließ sich auf
einen breiten Stein neben der Tür sinken.

„Gibt es hier vielleicht irgendwo einen Kaffee?",
murmelte er und Kate drückte ihm einen Kaffeebecher in die Hand, den sie ja für sich und Mike in wei-
ser Voraussicht zu Hause noch abgefüllt hatte. Omar
nahm einen Schluck und stieß langsam die Luft aus.

„Du hast mich gerettet", sagte er und zwinkerte Kate
zu.

Dann sah er Mike an. „Wer immer sich das da drin ausgedacht hat ist ein krankes Schwein, anders kann ich es nicht sagen."

Allein an seiner Ausdrucksweise war zu erkennen, wie tief Omar der Anblick bewegt haben musste.

Noch ehe er etwas sagen konnte, kamen drei Männer, ebenfalls in Vollschutzausrüstung, in Begleitung des Feuerwehrmanns an ihnen vorbei.

„Die Tierretter", sagte Omar und sah ihnen nach. „Obwohl es da nicht viel zu retten gibt. Die Viecher haben sich in alle Ritzen verkrochen."

„Was ist denn nun da drin los?" Mike schien langsam mit seiner Geduld am Ende.

„Eine Frau, so Mitte dreißig, würde ich grob schätzen. Sie war in einer Art Wassertank, der oben verschlossen war. Karsten hat gesagt, sie wäre herausgekommen, aber an dem Drehhebel waren diese Spinnen, in einer Art Netz. Hätte sie den Drehhebel betätigt, hätte sie das Netz zerstören müssen und die Spinnen…naja. Jedenfalls ist so das Wasser immer höher gestiegen und sie ist ertrunken."

Kate stieß die Luft aus. „Arachnophobie", sagte sie leise. „Wieder jemand mit einer Angststörung."

Mike schüttelte nur den Kopf. „Wie lange ist sie schon tot?", fragte er schließlich Omar.

„Ich vermute drei bis vier Stunden."

„Gut, dann fühlen wir als erstes Martin auf den Zahn."

„Das würde ich lassen", sagte eine Stimme hinter ihnen. Es war Frank Keilwert, der mit einem

Notebook in der Hand neben ihnen auftauchte.

„Wisst ihr, wer der Mieter dieses Anbaus ist, inklusive Wassertank?"

Kate und Mike sahen sich an. „Doktor Rademacher", sagten sie wie aus einem Mund.

Kapitel 13

„Das ist eine bodenlose Unverschämtheit, mich aus einer Behandlung zu holen."

Rademacher stand mit hochrotem Kopf neben Mike, Marianne und Karsten Windisch, der seinen Spurensicherungskoffer bereits auf dem Furniertisch abgelegt hatte, was ihm eine Rüge der Assistentin, Frau Simon eingebracht hatte, was ihn allerdings nicht zu stören schien.

Diese stand jetzt mit wogendem Busen neben ihrem Chef. „Herr Doktor, ich habe es versucht, diese Herrn…"

Rademacher winkte ab. „Das weiß ich doch", sagte er in einem deutlich ruhigeren Tonfall.

Mike zog das Schreiben aus seiner Tasche. „Das hier, Herr Doktor Rademacher, ist ein Durchsuchungsbeschluss und ebenso ein Beschluss zur Entnahme eines Abstrichs zum DNA-Abgleich."

Rademacher warf nur einen kurzen Blick auf die Papiere. „Ich protestiere", sagte er so laut, dass es im gesamten Haus widerhallte. „Ich werde meinen Anwalt…"

„Konrad, was ist denn geschehen?" Eine attraktive Frau, allenfalls Ende zwanzig, Anfang dreißig, mit blonden Pagenschnitt kam aus der oberen Etage geeilt.

„Liebes, geh wieder nach oben. Es ist alles in Ordnung", säuselte Rademacher mit unerträglich süßlichem Tonfall.

„Was werfen sie meinem Mann vor?", wandte sich Frau Rademacher an Mike, ohne auf den Einwand ihres Mannes zu reagieren.

Dieser sah Mike eindringlich an. „Meine Frau hat damit nichts zu tun, also…"

Marianne war inzwischen zu der jungen Frau getreten und wies sich aus. „Könnte ich sie unter vier Augen sprechen?", fragte sie, ohne sich um die lautstarken Proteste des Psychotherapeuten zu kümmern.

Frau Rademacher wies auf die breite Treppe. „Kommen sie bitte mit nach oben."

Ihr Mann sah ihr verärgert nach, wandte sich dann aber wieder Mike zu. „Das hat Konsequenzen", stieß er mit heiserer Stimme hervor.

„Das sagten sie bereits", erwiderte Mike gelassen und gab Karsten Windisch ein Zeichen. Dieser öffnete kurz die Haustür. „Kommt ihr?", rief er seinen Mitarbeitern zu, die mit weiteren Koffern und leeren Behältnissen die Diele betraten.

Hektisch sah Rademacher auf die Treppe nach oben, unschlüssig, ob er seiner Frau folgen, oder besser seinen Anwalt anrufen sollte. Schließlich entschied er sich für letzteres. Während er etwas abseits sein Smartphone aus der Hosentasche zog, stellte sich Anna Simon mit ausgestreckten Armen vor die Tür der Behandlungsräume. „Die Akten enthalten sensible Patientendaten, das dürfen sie nicht", keuchte sie, als habe sie einen 1000 Meter Lauf hinter sich gebracht.

Karsten sah zu Mike, der langsam auf sie zuging.

„Die Akten sind erst einmal uninteressant. Wir brauchen den PC, die Laptops und sonstige Unterlagen und dann machen wir oben weiter."

„Aber auf dem PC ist die Abrechnung, sie können doch nicht…"

„Doch." Langsam wurde es Mike zu bunt, er nahm die Assistentin am Arm und zog sie von der Tür weg.

„Aua, das ist Polizeiwillkür. Hilfe, Herr Doktor."

Sie rieb sich demonstrativ den Arm und sah zu ihrem Arbeitgeber, der allerdings in eine Diskussion mit seinem Anwalt verstrickt war.

Karsten Windisch verdrehte die Augen, nahm seinen Spurensicherungskoffer und nickte seinen Leuten zu.

„Holt hier alles raus, ich gehe nach oben."

Doktor Rademacher hatte das Gespräch mit seinem Anwalt beendet und sah die Treppe hinauf, wo gerade Karsten Windisch verschwunden war.

„Muss das unbedingt sein? Meine Kinder."

Er war jetzt deutlich ruhiger, scheinbar hatte ihm sein Anwalt zur Kooperation geraten.

„Kann sich jemand inzwischen um ihre Kinder kümmern, während meine Kollegin mit ihrer Frau spricht?"

„Ich übernehme das", sagte Anna Simon und ohne eine Antwort abzuwarten, rannte sie nach oben.

Mike wandte sich jetzt wieder Doktor Rademacher zu. „Wir haben mehrere Spuren einer fremden DNA gefunden und nachdem uns jetzt bekannt ist, dass ihnen das Gebäude im Hinterhaus der Morgenbergstraße gehört, besteht der dringende Verdacht, dass sie etwas mit dem Verbrechen zu tun haben."

Rademacher schloss kurz die Augen, dann deutete er in einen der Therapieräume, scheinbar, weil sein Büro von der Spurensicherung besetzt war.

Mike folgte ihm. Der Psychotherapeut ließ sich in einen bequem aussehenden Sessel fallen. „Ich leugne ja nicht, dass mir das Gebäude gehört."

Mike zog die Augenbrauen nach oben. „Und dieser Wassertank, gehört der auch mit zur Ausstattung?"

Jetzt sah Rademacher ihn etwas verwirrt an. „Ja, aber was hat das mit dem Tod von Frau Fischer und Herrn Haase zu tun?"

Mike beobachtete ihn ganz genau. „Weil in diesem Tank eine dritte Leiche gefunden wurde."

„Was?" Rademacher starrte ihn an und schüttelte dann langsam den Kopf. „Also das…" Er brach ab.

Entweder war Rademacher tatsächlich so ahnungslos oder Mike hatte einen exzellenten Schauspieler vor sich sitzen. Inzwischen hatte man die Tote geborgen und Omar hatte ein, mehr oder minder gutes, Foto von ihr machen können.

Dieses hielt Mike jetzt Rademacher hin. „Kennen sie die Frau?"

Dieser riss die Augen auf, dann stieß er einen Ton aus, der eher an ein Quieken erinnerte. Schließlich schloss er die Augen und reichte das Bild mit zitternder Hand an Mike zurück. „Das ist Sabine Kaschinski, eine Patientin von mir."

Mike dachte sofort an Kates Worte. „Arachnophobie", hatte sie gesagt und scheinbar recht behalten.

„Einen Moment", sagte er zu Rademacher, der wie paralysiert in dem Sessel saß und ging kurz hinaus, um den Namen an seine Dienststelle weiterzugeben. Er wollte gerade wieder zurück in den Raum, als einer von Karsten Windischs Mitarbeitern aus dem Büro kam. „Mike, das solltest du dir anschauen."
Er folgte dem jungen Mann in den Raum, den Rademacher als Büro nutzte. Zwei weitere Mitarbeiter standen um den Schreibtisch herum, auf dem ein Laptop positioniert war.
„Wir haben eine Aufzeichnung der Überwachungskamera von der Syratalbrücke gefunden."
Der junge Mann klang ehrlich betroffen und auch die anderen beiden, noch ziemlich jungen Männer schauten angewidert auf den Bildschirm. Deutlich war Kathleen Fischer in der Konstruktion hängend zu erkennen.
Mike atmete tief durch. „Packt alles ein."
Dann ging er zurück zu Rademacher, der noch immer unverändert in dem Sessel saß und vor sich hinstarrte. Mike deutete auf dessen Smartphone, das vor ihm auf dem Tisch lag.
„Sie sollten ihren Anwalt nochmals kontaktieren und ihn dringend ersuchen, hier her zu kommen", sagte er in einem so schneidenden Tonfall, dass Rademacher verwirrt den Kopf hob.

„Mein Mandant streitet nicht ab, dass das Gebäude, in dem Frau Kaschinski gefunden wurde, ihm gehört. Das trifft ebenso auf diese Kiste zu, in der Herr Haase gefunden wurde. Beides wurde von ihm im Rahmen der Therapie eingesetzt."

„Therapie", wiederholte Mike und legte seine Abscheu, die er empfand, bewusst in seine Stimme. Doktor Rademacher, der bisher auf Anraten seines Anwaltes geschwiegen hatte, der vor einer halben Stunde im Polizeirevier, in das man Rademacher mitgenommen hatte, eingetroffen war, hob den Kopf.

„Freiwillig, Herr Hauptkommissar. Sie können meine Akten gern darauf prüfen. Ich habe von jedem einzelnen meiner Patienten die Einwilligungserklärung für die Konfrontationstherapie."

Mike schüttelte nur den Kopf. Doktor Schlott, Rademachers Anwalt, sah ihn mit einem scharfen Blick an.

„Ihre persönliche Meinung zu den therapeutischen Verfahren, die mein Mandant anwendet, stehen hier nicht zur Debatte, Herr Hauptkommissar. Es geht einzig und allein um die Faktenlage und die ist, mit Verlaub, ausgesprochen dünn."

In diesem Moment klingelte Mikes Smartphone. Er sah die beiden Anwesenden an. „Einen Moment bitte." Er ging nach draußen, wo bereits Marianne Jäger stand. Ihre Miene verhieß nichts Gutes.

„Und?", fragte er und sie zuckte die Schultern.

„Seine Frau gibt ihm ein Alibi, zumindest was Kathleen Fischers Todeszeitpunkt angeht."

Mike blies beide Wangen auf und deutete auf sein

Büro, wohin sie ihm folgte. „Sie waren an diesem Wochenende im Hotel Kempinski in Dresden und kamen erst am Montagabend wieder. Sie hat mir den Buchungsbeleg gezeigt. Ich werde das natürlich noch überprüfen, aber damit ist Rademacher vom Haken. Wenn er für Frau Fischer ein Alibi hat, ist nicht anzunehmen, dass er etwas mit dem Tod von Haase und Kaschinski zu tun hat, sagt jedenfalls Karsten nach der Spurenlage."

„Verdammt", sagte Mike und schlug mit der Hand auf seinen Schreibtisch. Marianne sah ihn mit einem Schulterzucken an. „Seine Therapieansätze scheinen ja bizarr zu sein, aber ist er deswegen ein Mörder? Doktor Feigler hatte da auch so seine Zweifel."

Mike nickte widerwillig und setzte sich auf die Kante seines Schreibtisches. „Dann werden wir eben Franko Martin noch einmal gründlich durchleuchten."

In diesem Moment klopfte es und Staatsanwalt Gebhardt trat ein.

„Und?", fragte er Mike knapp, nachdem er Marianne die Hand gereicht hatte.

Dieser schüttelte den Kopf. „Rademacher hat ein Alibi. Sein Anwalt, ein Doktor Schlott ist bei ihm."

Der Staatsanwalt sah nicht glücklich aus, zuckte aber gespielt leger die Schultern. „Gut. Da können wir nichts machen. Immerhin haben wir ja noch diesen Martin. Auch wenn ich ihnen keinen Beschluss zur Unterbringung geben konnte, lassen sie nicht locker. Bringen sie mir irgendetwas und dann sehen wir weiter."

Er klopfte Mike auf die Schulter. „Sie machen das schon." Dann straffte er sich. „Aber bitte schnell, die Presse sitzt mir im Nacken."

Mit einem Lächeln zu Marianne ging er hinaus.

„Charmant ist er ja", sagte Marianne mit einem Grinsen. Mike drehte nur die Augen nach oben. Dann deutete er mit dem Kopf nach nebenan.

„Wir müssen ihn gehen lassen, ehe dieser Schlott hier Rambazamba macht. Dann knöpfen wir uns Franko Martin vor."

Dieses Mal schickte Mike eine doppelte Streife bei Franko Martin vorbei. Die Kollegen kannten den Vorfall mit Mike und Marianne und waren entsprechend vorsichtig. Allerdings wurden sie dieses Mal nicht mit einem Schuss empfangen, sondern die Tür wurde von einem sichtlich übermüdeten Franko Martin geöffnet, der widerstandslos den Beamten folgte.

„Jawoll, nehmt den mit, des wird fei a Zeit, man ist ja seines Lebens nimmer sicher hier", rief eine füllige Mitsechzigerin in schönstem Vogtländisch aus der Wohnungstür ins Treppenhaus, als die Beamten mit Martin vorbei gingen. Sie schlug aber die Tür schnell zu, als einer der Beamten stehen blieb und sich zu ihr umschaute.

„So geht das schon die ganzen letzten Tage", sagte Franko Martin leise. Es war offensichtlich, dass er unter der derzeitigen Situation, die durch seinen Schuss und die anschließende Stürmung seiner Wohnung durch das SEK im Haus und mit Sicherheit im halben Chrieschwitzer Hang ausgelöst hatte, litt. Das war wohl auch der Grund, warum er dieses Mal so ruhig reagierte.

Er stieg in das Polizeiauto und warf einen traurigen Blick auf das Haus, in dem er bisher relativ unbeachtet gewohnt hatte. Damit war es jetzt vorbei.

Im Polizeipräsidium warteten bereits Mike und Marianne auf ihn. Er nahm Platz, wieder, ohne zu einem von ihnen Blickkontakt aufzubauen.

„Herr Martin, können sie uns sagen, wo sie am 10., am 17. und am 25. diesen Monats waren?"

Mike hatte mit Marianne vereinbart, dass er mit der Befragung beginnen würde. Sie würde erst einsteigen, wenn der junge Mann wieder dicht machte.

„Ich war zu Hause, im Chatroom, das könne sie überprüfen lassen. Sie haben doch Leute dafür."

Mike holte Luft und setzte sich mit seinem Stuhl so, dass Franko Martin ihn direkt vor sich hatte. Hektisch wandte dieser wieder seinen Blick ab.

„Das haben wir bereits prüfen lassen und wissen sie was? Unsere Fachleute haben zwar herausgefunden, dass sie in den Chaträumen waren, aber nicht, von wo. Sie sind kein dummer Mensch, Herr Martin, sie wissen genau, wie man so etwas manipuliert."

Als er ihm nicht antwortete, legte Mike vor ihn ein Foto von der toten Sabine Kaschinski. Nachdem Franko Martin weiterhin die Wand oberhalb von Mikes Kopf anstarrte, knallte dieser so unverhofft mit der flachen Hand auf den Tisch, das dieser zusammenzuckte. „Schauen sie sich das Bild an."

Martin sah auf das Foto und zog geräuschvoll die Luft ein. „Ist das die Tote, die an der Morgenbergstraße gefunden wurde?"

Mike setzte sich zurück. „Sie sind gut informiert."

Wieder starrte Martin auf die Wand. „Es wurde im Chat besprochen und ist in allen Netzwerken präsent."

Mike hasste es zwar, wenn überall Gerüchte auftauchten, aber es war nicht zu ändern und konnte sogar manchmal positiv sein, nämlich wenn sich Zeugen meldeten, die sonst nichts davon erfahren hätten, dass ihre gemachten Beobachtungen von Bedeutung waren. „Gut. Kannten sie die Frau?"

Martin schüttelt den Kopf. „Im Chat agieren alle mit ihren Usernamen, aber einige waren besorgt, weil sie *Chanel* nicht mehr erreichen konnten."

Mike sah zu Marianne, die bisher wie vereinbart geschwiegen hatte. „Chanel, wie das Parfüm?"

„Wohl eher wie die Modedesignerin", sagte diese und Mike verstand. Sabine Kaschinski war Besitzerin einer Modeboutique gewesen.

Franco Martin saß stocksteif auf seinem Stuhl. „Wollen sie mich jetzt in die Psychiatrie einweisen lassen?"

Mike schüttelte langsam den Kopf. „Herr Martin, niemand will sie einweisen lassen. Ich hatte gehofft, sie kooperieren mit uns."

„Kooperieren, mit jemand, der andere dabei unterstützt, meine Reputation zu zerstören? Der mit den Mächten des Bösen in Verbindung steht? Niemals. Dann sperren sie mich ein, ja, sperren sie mich ein."

Mike warf Marianne einen Blick zu. Jetzt war eindeutig sie dran, vielleicht kam sie mit diesem Verrückten, wie Mike Franko Martin im Stillen nannte, besser zurecht.

„Herr Martin, wissen sie unter welchen Namen Herr Haase und Frau Fischer in ihrem Chat agierten?", begann Marianne mit ihrer sanften Stimme.

Als ihr Gegenüber schwieg, fuhr sie fort. „Wenn sie Bedenken haben wegen dem Schutz der Anonymität, beide sind tot und Herr Fischer, Frau Fischers

123

Ehemann, hat uns zugesagt, uns in jeder Hinsicht zu unterstützen. Also sie müssen dabei keine rechtlichen Bedenken haben."

Noch immer Schweigen. Mike wollte etwas sagen, aber Marianne gab ihm ein Zeichen.

„Herr Martin", sagte sie leise. „Wollen sie wirklich durch ihr Schweigen riskieren, das es einen neuen Toten gibt aus ihrer Chatgruppe? Sie fühlen sich diesen Menschen mit ihren massiven Problemen, die sie ihnen anvertrauen, doch auch gegenüber verpflichtet, oder sehe ich das falsch?"

Martin schüttelte geradezu angewidert den Kopf.

„Lassen sie ihre Psychospielchen oder halten sie mich für so dumm, dass ich das nicht durchschaue?"

Marianne erhob sich. „Nein, das tue ich nicht und Hauptkommissar Köhler auch nicht, glauben sie mir. Aber wenn sie weiterhin schweigen und es kommt noch ein Mensch zu Schaden, werde ich mich persönlich dafür einsetzen, dass sie psychiatrisch begutachtet werden, ob sie wollen oder nicht."

Alle Sanftheit war aus ihrer Stimme verschwunden. Als sie die Hand auf den Türgriff gelegt hatte, sagte eine Stimme leise hinter ihr: *„Mümmelmann* und *Lenchen"*

Miriam Wagner war eine zierliche Blondine mit beeindruckend blauen Augen, die jetzt mit Tränen gefüllt waren. „Mein Gott, Sabine. Das ist ja schrecklich." Sie schnäuzte sich geräuschvoll die Nase und sah die beiden Beamten vor sich entschuldigend an. Marianne Jäger nickte ihr verständnisvoll zu.

„Ihre Chefin…", begann Mike, als er von Frau Wagner gleich unterbrochen wurde. „Sabine und ich sind…" Sie schloss kurz die Augen, holte Luft und öffnete sie wieder. „Sabine und ich waren Partner. Das Geschäft lief auf uns beide."

Sie machte eine Geste in Richtung Verkaufsraum, wo gerade eine junge Frau eine Kundin bediente.

„Sabrina ist meine Nichte, sie studiert Design und hilft in den Semesterferien bei uns aus. Sie ist eine echte Bereicherung für uns. Seitdem haben wir auch mehr exklusive Einzelstücke im Angebot. Sabine war erst nicht so begeistert davon, aber dann. Die Kunden haben uns die Sachen förmlich aus den Händen gerissen."

Mike hatte bereits von Abby erfahren, dass die Modeboutique *Nadelstich* derzeit zu den angesagtesten in Plauen gehörte. „Darum konnten wir uns schließlich auch ein Geschäft in Citylage leisten", ergänzte Miriam Wagner. Mike nickte und sah Marianne an. Diese übernahm. „Sagen sie, Frau Wagner, war ihnen die Spinnenangst von Frau Kaschinski bekannt?"

Die junge Frau nickte. „Ja, immerhin sind wir schon seit vielen Jahren auch privat befreundet. Es war schlimm mit Sabine. Nur die kleinste Spinne und sie drehte wirklich komplett durch. Darum hat sie ja auch mal eine Therapie angefangen, aber naja."

Sie zuckte die Schultern. „Bei Doktor Rademacher?", fragte Marianne nach und Miriam Wagner riss die Augen auf. „Ach, das wissen sie?"

„Was meinten sie mit naja?", warf jetzt Mike ein und die junge Frau sah zu ihm hin. „Es war wie in einer schlechten Daily Soap, die Patientin und der Therapeut." Mike war für einen Moment sprachlos. „Sie hatte ein Verhältnis mit Doktor Rademacher?"

Miriam Wagner nickte. „Nicht lange. Ihr ist ziemlich schnell klar geworden, dass sie nur eine von Vielen ist."

Inzwischen hatte die Kundin draußen mit einer großen Tüte den Laden verlassen und Frau Wagners Nichte gab ihrer Tante ein Zeichen, dass sie kurz vor die Tür gehen würde, wahrscheinlich um eine zu rauchen.

„Und, wie ist die Sache zu Ende gegangen?", nahm Marianne den Faden wieder auf.

Frau Wagner zuckte lakonisch die Schultern. „Ohne großes Drama. Sabine war verletzt, ja, aber nicht zu sehr, wenn sie verstehen, was ich meine. Sie hat die Therapie beendet, die bis dahin sowieso nichts gebracht hatte und sich bei einem Blog angemeldet."

Mike und Marianne sahen sich an. „Lassen sie mich raten", sagte schließlich Mike. „Ihr Username war Chanel?"

Miriam Wagner nickte.

„Alles was wir wissen, ist, dass alle drei Toten in diesem Chatroom waren, unter ihren Usernamen. Das hat uns Franko Martin bestätigt", sagte Mike und griff über den Tisch, um sich noch ein Brötchen zu nehmen. Es war spät geworden, oder sollte er sagen, früh, denn es war gegen zwei gewesen, als er endlich in sein Büro nach oben gegangen war, um Kate im Schlafzimmer nicht zu stören. Zwar hatte sie eigentlich einen gesunden Schlaf, war aber, typisch Cop, wie sie immer zu sagen pflegte, wie auf Knopfdruck hellwach. Er hatte sich heute mit ihr ein etwas ausgedehnteres Frühstück gegönnt, zumal er irgendwie das Gefühl hatte, auf der Stelle zu treten. Ihre Meinung war ihm da sehr wichtig.

Kate trank gerade einen großen Schluck Orangensaft und schlug dann in Gedanken versunken ihr Frühstücksei auf. Dann warf sie einen schnellen Blick auf ihre Uhr.

Als sie Mikes verwirrten Blick sah, lächelte sie. „Ich höre dir schon zu, aber ich habe mich in einer Stunde mit Doktor Ferdinand, dem Chirurgen, verabredet."

„Aha", sagte Mike und Kate lehnte sich zurück.

„Du hast keine Ahnung von wem ich spreche, oder?" Als er verlegen grinste, schüttelte sie den Kopf.

„Doktor Ferdinand ist der Besitzer der Praxis in der Neundorferstraße. Er ist im Ruhestand und hat keinen Nachfolger gefunden und jetzt will er die Räume verkaufen."

Sie sah, wie Mike etwas aufatmete, jetzt wusste er wieder, von was sie sprach. Mit einer Handbewegung schob sie das Thema zur Seite.

„Gut, jetzt mal zu dem wirklich Wichtigen. Ihr habt also diesen Doktor Rademacher auf dem Schirm und Franko Martin?"

Mike bestrich sein Brötchen betont langsam mit Frischkäse. „Rademacher hat ein Alibi."

„Aha und von wem?" Kate hob die Hand. „Lass mich raten, von seiner Frau?"

Mike nickte. „Ja, sie hat Marianne einen Buchungsbeleg von einem Wellnesswochenende gezeigt. Sie überprüft es noch, aber wenn, ist er vom Haken."

Kate lächelte etwas. „Ich merke es dir an, so unrecht wäre es dir gar nicht, wenn Rademacher der Täter wäre, stimmt`s?"

Mike legte sein Brötchen ab und sah sie an.

„Irgendetwas an der ganzen Sache stört mich."

Auch Kate hörte auf zu essen, stützte beide Arme auf dem Tisch ab und legte ihren Kopf in ihre Handflächen. „Damit bist du nicht allein. Es war ja nicht nur Doktor Feigler, der Bedenken äußerte, mir geht es genauso. Rademacher mag ein unangenehmer Zeitgenosse sein, ein Blender und, ich verwende mal den landesüblichen Begriff, ein Kurpfuscher mit fragwürdigsten Methoden, ein Don Juan, aber ein eiskalter Mörder? Ich weiß nicht."

Mike zuckte die Schultern. „Gut, er könnte es als Experiment deklariert haben. Jeder der Betroffenen hätte die Chance gehabt, aus der Situation herauszukommen, zumindest theoretisch", sagte er und zitierte damit Omar. „Und", fügte er an. „Wir haben das Video von Kathleen Fischer an der Syratalbrücke auf seinem Laptop gefunden."

Kate wog den Kopf hin und her. „Irgendwie passt mir das alles zu gut. Er steht unter Mordverdacht und lässt das Video nicht verschwinden?"

„Vielleicht fühlt er sich erhaben über alles? So wirkte er jedenfalls auf mich."

Kate nahm die Arme vom Tisch und widmete sich wieder ihrem Ei. „Dann seht zu, ob das Alibi stimmt. Daran scheint es ja jetzt zu hängen. Und was ist mit diesem Franko Martin?"

Mike nahm noch einen Schluck Kaffee. „Das ist das gleiche in hellgrün. Kein Alibi, er sagt, er sei immer im Chat gewesen, aber das kann nicht verifiziert werden. Zumindest hat er uns jetzt die Usernamen der Mitglieder verraten, Benjamin Haase war *Mümmelmann*, Kathleen Fischer *Lenchen* und Sabine Kaschinski *Chanel*."

Kate grinste. „Sehr einfallsreich." Dann wurde sie ernst. „Siehst du bei ihm ein Motiv?"

Mike wog wieder den Kopf hin und her. „Jein, darum sage ich, irgendwie verworren."

Mit einem Klaps auf seine Schulter erhob sich Kate. „Ich stehe dir in ein paar Stunden wieder uneingeschränkt zur Verfügung, aber jetzt muss ich erstmal zu meinem Termin." Sie küsste ihn auf die Wange und verschwand nach oben in Richtung Schlafzimmer. Seufzend schenkte sich Mike noch eine Tasse Kaffee ein. Vielleicht half diese ihm, etwas Ordnung in seine chaotischen Gedanken zu bringen.

Annalena „Abby" Heimat stieg aus ihrem Mini und sah zu der Rademacher Villa, wie ihr Chef sie gern bezeichnete, hin. Stirnrunzelnd sah sie auf die Uhr. Gut, sie war heute etwas eher, aber meist brannte unten in den Praxisräumen schon das Licht, weil Doktor Rademacher, nach eigener Aussage, ein Frühaufsteher war und gern früh ungestört arbeitete.

Abby vermutete aber eher, er wollte sich dem morgendlichen Stress, den es nun einmal mit drei kleinen Kindern gab, entziehen. Daher die vorgeschobene Arbeitswut. Während sie langsam die Stufen hinaufstieg, wurde ihr bewusst, dass sie sich von Tag zu Tag unwohler fühlte. Das Praktikum bei Rademacher hatte sich nicht als das herausgestellt, was sie sich erhofft hatte. Nach seinem Internetauftritt und dem einen Vortrag, den sie von ihm gehört hatte, war sie, trotz des Gegenwindes, der ihm aus akademischen Kreisen entgegenblies, fasziniert von seiner eloquenten Art gewesen. Er hatte ihre Neugier geweckt und die Hoffnung, etwas Bahnbrechendes in Sachen Konfrontationstherapie bei Phobien zu erfahren.

Das hatte sich nicht erfüllt. Nicht eine einzige Sitzung hatte sie bisher begleiten dürfen, lediglich ein paar ältere Protokolle ansehen können. Dafür hatte er sie mehr oder weniger als Ergänzung und Unterstützung für seine *Assistentin*, wie er sie nannte, und die nichts anderes als eine Vorzimmerdame war mit der Zusatzbeschreibung Geliebte, genutzt. In der übrigen Zeit erging er sich in Monologen über seine bahnbrechenden Erfolge, wobei er in seinem Büro dozierend auf und ab wanderte und Abby ihm mit zunehmender Abneigung über diese Selbstbeweihräucherung mit den Augen folgte. Apropos Augen, die von Rademacher folgten auch ihr, und zwar mit zunehmend lüsternen Absichten, das hatte sie schon bemerkt. Und nicht nur sie, auch Anna Simon, seiner Assistentin und Geliebten, war es nicht verborgen geblieben und seitdem strafte sie Abby mit Nichtachtung.

Nein, dachte sie sich, als sie die Tür öffnete und in den unteren Teil der großen Villa trat. Sie würde ihr Praktikum hier beenden, auch wenn es ihr zumindest etwas Ablenkung verschafft hatte, für Mike das eine oder andere herausfinden zu können. Allerdings war es nicht viel, abgesehen davon, dass Rademacher nicht nur mit Anna Simon ein Verhältnis hatte, sondern so fast jedem Rock nachjagte, den er zu fassen bekam, Hauptsache jünger als er und hübsch. Inwieweit seine Frau von dem Treiben wusste, davon hatte sie keine Ahnung, bisher war sie der Dame des Hauses nur kurz begegnet, wenn diese mit den drei, fast unnatürlich wohlerzogenen Jungs im Alter von sechs, vier und zwei Jahren durchs Haus schritt. Kopfschüttelnd ging sie ins Büro und griff zum Lichtschalter. „Doktor Rademacher?", rief sie und sah, dass die Tür zu einem Behandlungszimmer sperrangelweit offenstand. Auch dort war es dunkel, aber sie stockte auf der Türschwelle, weil sie etwas roch, was nicht hierhergehörte. Sie tastete zum Lichtschalter und betätigte ihn. Dann sah sie es. Blut, eine Menge von Blut.

„Herr Doktor Ferdinand?"

Kate sah den älteren Mann an, der ihr gerade die Tür geöffnet hatte. Er war groß und kräftig und hatte ein breites, wettergegerbtes und sympathisches Gesicht. Er streckte ihr die Hand entgegen. „Frau Schulz?" Als sie nickte, deutete er nach innen. „Dann kommen sie herein. Omar hat mir gesagt, sie wollen also ihr Büro vom Wilkehaus hier her verlegen?"

Während Kate in den großen Vorraum ging, nickte sie. „Ja. Ich müsste dort alles neu renovieren und bin jetzt schon seit längerem auf der Suche nach etwas eigenen." Er deutete auf die verschiedenen Türen. „Es waren ja meine Praxisräume hier, vielleicht müssten sie noch das eine oder andere räumlich umgestalten und auf ihre Bedürfnisse anpassen."

Kate ging nach und nach in alle Räume und blieb schließlich im Größten stehen. „Das wäre ein guter Beratungsraum", sagte sie und trat ans Fenster. Sie sah auf die Neundorferstraße, gegenüber lag die ehemalige Feuerwache. Plötzlich lächelte sie und sah den pensionierten Arzt an, der neben sie getreten war. „Ich erinnere mich an einen Spruch aus meiner Kindheit." Dabei deutete sie nach Gegenüber. „Was ist der höchste Turm von Plauen? Der Feuerwehrturm, da kann man bis zur Nordsee schauen."

Der Arzt lachte. „Stimmt. Damals war dort drüben die Fischhalle *Nordsee* und man konnte vom Feuerwehrturm direkt hineinschauen." Kate trat zurück. „Also mir gefällt es hier, ich würde spontan zusagen."

132

Der Arzt streckte ihr die Hand entgegen. „Gut, ich wollte nicht sofort an den ersten Interessenten verkaufen, aber bei ihnen hatte ich sofort ein gutes Gefühl. Dann lassen sie uns über Details sprechen. Aber nicht hier. Trinken wir einen Kaffee?"

Kate nickte. „Gern. Gleich nebenan?"

Doktor Ferdinand lachte. „Darum wollen sie die Räume, sie sind genau neben Daniels Kaffeerösterei."

Kate stimmte in das Lachen ein. „Wenn das kein Grund ist, weiß ich ja nicht." Als sie unten angekommen waren, sagte der Arzt: „Ich habe übrigens ihre Großmutter noch gekannt, Frau Doktor Voigt. Eine großartige Kollegin. Wir Frischlinge haben damals alle mit großem Respekt zu ihr aufgeschaut."

Kate nickte. „Danke", murmelte sie. Sie brachte es einfach nicht fertig Doktor Ferdinand zu sagen, dass Clara Voigt nicht ihre leibliche Großmutter war. Es spielte schließlich auch keine Rolle. Eben wollte sie noch etwas sagen, als ihr iPhone in der Jackentasche vibrierte. Sie zog es heraus und sah, dass es Mike war. „Entschuldigung", sagte sie zu dem Arzt und trat ein paar Schritte beiseite. „Ja?"

„Kate, kannst du bitte kommen? In die Rademacher Villa, es ist dringend."

Da Mike wusste, dass sie in der Besichtigung war, hätte er sie nicht angerufen, wenn es nicht so wäre. „Ich komme sofort", sagte sie nur knapp und sah den Arzt an, der scheinbar ihre Worte gehört hatte.

„Es scheint dringend zu sein, wir telefonieren, Frau Schulz", sagte er unproblematisch.

Kapitel 14

„Ich hasse Kopfschüsse", sagte Omar und erhob sich mit einem Stöhnen aus der Hocke. „Eine riesige Sauerei."

Doktor Rademacher saß auf dem Fußboden, mit dem Rücken an die Wand des Beratungsraums gelehnt. Auf dem Fußboden rund um ihn herum, sowie an der gesamten, hellbeige getönten Wand war eine Menge an Blut. Er selbst hatte die linke Hand im Schoß liegen, die rechte Hand lag neben der Waffe, einer Pistole, an seinem rechten Oberschenkel.

Mike stand in sicherem Abstand, um nicht noch mehr Spuren zu kontaminieren. Als Omar sich aufgerichtet hatte und zu ihm gekommen war, fragte er: „Suizid?"

Omar seufzte. „Sieht nach erster Inaugenscheinnahme so aus. Genaueres muss Karsten mit seinen Leuten unter die Lupe nehmen, aber ich tippe zu 90% schon auf Suizid. Ich bin überzeugt, dass wir Schmauchspuren an der rechten Hand finden, ich habe die Rückstände schon gerochen. Er hat sich die Waffe unter das Kinn gesetzt, typisch. Als Mediziner wusste er, dass man sich nicht mit dem sogenannten Schläfenschuss töten sollte. Ist schon zu oft schief gegangen. Auch die Austrittswunde ist typisch für einen solchen Schuss." Er deutete auf den Schreibtisch. „Vorher scheint er noch diese Flasche Whisky geleert zu haben, ein Single Malt, zwanzig Jahre."

Noch ehe Mike etwas erwidern konnte, stand Marianne Jäger in der Tür. Sie hatte sich um Frau

Rademacher gekümmert und verhindert, dass diese nach unten zu ihrem Mann lief. Jetzt war eine Beamtin oben bei ihr. Sie deutete auf Rademacher.

„Ich hatte vorhin einen Anruf. Die Rademachers haben zwar den Aufenthalt im Kempinski gebucht und auch bezahlt, sind aber nie angereist. Frau Rademacher hat mir eben gestanden, dass sie ihrem Mann ein falsches Alibi gegeben hat. Er hatte ihr erst versprochen mit ihr ein Wochenende in Dresden inklusive Semperopernbesuch zu verbringen und die Kinder waren schon bei den Großeltern, dann hat er aus fadenscheinigen Gründen in letzter Minute abgesagt. Sie konnten gar nicht mehr stornieren."

Mike nickte. „Also hat er gemerkt, dass sich langsam die Schlinge zuzieht und dann Schluss gemacht?"

Omar stieß ein Schnauben aus, während er die Handschuhe auszog. „Das sind genau die 10% die mich stutzig machen. Ein Typ wie Rademacher? Der bringt sich doch nicht um. Aber das rauszufinden, ist jetzt Sache der Spurensicherung und der Autopsie. Also, wenn Karsten und seine Mannen hier fertig sind, bringt ihn fluchs ins Institut. Ich sollte heute Nachmittag in Leipzig zu einem Symposium referieren, das kann ich dann wohl vergessen."

Kopfschüttelnd ging er nach draußen und traf auf dem Vorplatz auf Kate, die sich mit Abby unterhielt. Er hielt an und sah Abby prüfend in die Augen.

„Alles in Ordnung mit dir?", fragte er mit seiner unnachahmlich melodisch tiefen Stimme und legte seinen Arm um ihre Schulter.

Abby sah etwas blass aus, lächelte ihn aber tapfer an. „Es geht schon", sagte sie mit belegter Stimme. „War ein Schreck in der Morgenstunde."

Omar zog sie in eine Umarmung und sah über ihren Kopf hin zu Kate. Diese nickte. Natürlich würde sie sich jetzt um Abby kümmern, so einen Anblick vergaß man nicht so schnell. Schließlich ließ Omar sie los und stampfte zu seinem Wagen. Eben in diesem Moment fuhr Karsten Windisch mit seinen Mitarbeitern im hellen Bus der Spurensicherung auf das Gelände. „Ich bin fertig, Mike kann euch alles sagen. Lasst ihn rüber ins Institut bringen, so schnell es geht. "

Er hob die Hand und rauschte ab, während Karsten ihm kopfschüttelnd nachsah. „Etwas mehr Infos wären aber auch nicht schlecht gewesen", murmelte er und winkte seinen Leuten, ihn ins Innere zu folgen.

„Du kannst mich ruhig allein lassen", sagte Abby plötzlich und zog ihren Autoschlüssel aus der Jackentasche.

Kate schüttelte den Kopf. „Auf keinen Fall, ich rufe Steven an und er holt dich ab, okay?"

Obwohl sie es als Frage formuliert hatte, ließ ihr Tonfall keinen Zweifel daran, dass sie keinen Widerspruch duldete. Nachdem sie den Anruf getätigt hatte, führte sie Abby etwas an den Rand des Geländes. Es war kühl an diesem Morgen und beide waren sie nicht gerade wetterfest angezogen. Hier in der Sonne war es etwas angenehmer.

„Als ich die Treppen nach oben gegangen bin, hatte ich mich in Gedanken entschlossen es ihm heute zu sagen, dass ich mein Praktikum hier nicht fortsetzen werde", sagte Abby nach einer Weile und lachte etwas bitter auf. „Und nun hat es sich von allein erledigt, ist das nicht bizarr?"

Kate zuckte nur leicht die Schultern. „Ich würde es nicht unbedingt bizarr nennen. Aber du hast recht, manchmal ist es seltsam mit den Gedanken. Naja, Doktor Feigler wird dich gern als Praktikantin nehmen, das hatte er dir ja schon eher angeboten und dort lernst du vielleicht etwas mehr als hier."

Sie deutete mit dem Kopf Richtung Villa.

In diesem Moment kam Mike zur Eingangstür heraus. Er sah zu Kate, wusste aber, dass diese sich jetzt erst einmal um Abby kümmern würde. In diesem Moment kam schon mit quietschenden Reifen Steven um die Ecke der Straße gebogen und Mike gab einem der Beamten, die an der eilends errichteten Absperrung standen, ein Zeichen ihn passieren zu lassen. Dieser stoppte kurz vor Kate und Abby und sprang heraus. Letztere drehte die Augen nach oben.

„Mir ist nichts passiert, also kein Grund wie ein Irrer hier her zu brettern." Kate stupste sie an. „Er macht sich Sorgen, sei doch froh", raunte sie ihr zu und Abby ging auf Steven zu, der sie umarmte.

„Nimm sie mit. Ihre Aussage können wir später aufnehmen", sagte Mike, der herangetreten war.

Als die beiden schließlich in Stevens Auto gestiegen und davongefahren waren, nickte Mike Kate zu.

„Schaust du es dir an?", fragte er und deutete mit dem Kopf in Richtung Villa.

Es fiel Mike ein, dass er Kate noch nie genau beobachtet hatte, wenn sie einen Tatort betrat. Vorher war so etwas immer mehr oder weniger illegal gewesen und er hatte immer die Sorge im Nacken gehabt, Kates Auftauchen am Tatort würde noch im Nachhinein für Probleme sorgen. Jetzt war Kate ganz offiziell dabei, als externe Beraterin.

Sie blieb in der Tür stehen und beobachtete still Karsten Windisch und seine Leute, die wie weißgekleidete Aliens durch den Raum huschten. Schließlich sah Karsten zu ihr hin, nickte in Richtung der Schutzkleidung und wandte sich wieder dem Leichnam von Doktor Rademacher zu. Kate zog langsam die vorgeschriebene Kleidung an, dann trat sie in den Raum, akribisch darauf bedacht, der Spurensicherung nicht im Weg zu sein. Sie stellte Karsten einige Fragen, die Mike nicht verstand. Dieser gab schließlich seinen Leuten ein Zeichen, die ihr Equipment zusammen packten. Kate hatte ihr iPhone gezogen und fotografierte den Tatort aus jeder nur möglichen Perspektive. Karsten, der bereits an der Tür war, sah ihr stirnrunzelnd zu.

„Wir haben doch genügend Bilder", raunte er Mike zu, der nur den Kopf schüttelte. „Lass sie", raunte er ebenfalls zurück und Karsten Windisch zuckte die Schultern. „Wir sehen uns nachher. Wenn ihr hier fertig seid, kann er in die Rechtsmedizin. Vielleicht hat Omar noch ein paar erhellende Momente. Aber für mich sieht alles wie Selbstmord aus."

Er nahm seinen Koffer und ging hinaus. Schließlich,

nachdem Kate den Raum mehrmals umrundet und aus verschiedenen Perspektiven fotografiert hatte, ging auch sie zur Tür und schlüpfte aus dem Overall der Spurensicherung.

„Und?", fragte Mike, als er hinter sich Schritte hörte.

„Frau Rademacher, bitte." Es war die Beamtin, die hinter Katja Rademacher die Treppen heruntereilte. Diese schien sie gar nicht wahrzunehmen. Mike stellte sich ihr in den Weg und Kate hatte geistesgegenwärtig die Tür zu dem Raum geschlossen, in dem die Leiche von Rademacher lag. Die junge Frau sah blass aus, was durch das schwarze, ärmellose Etuikleid, das sie trug, noch verstärkt wurde.

„Bitte, ich möchte zu meinem Mann", sagte sie mit leiser Stimme. Mike fasste sie sanft am Arm.

„Frau Rademacher, es ist besser, wenn sie ihn nicht so sehen, glauben sie mir." Sie atmete schnell und wollte etwas erwidern, als Kate zu ihr trat.

„Frau Rademacher? Ich bin Katherina Schulz. Darf ich sie nach oben begleiten? Ihre Kinder sind sicher noch beim Frühstück, oder?"

Unverwandt sah die Frau sie an. „Meine Kinder? Ja, ja natürlich." Wie ferngesteuert ließ sie sich von Kate zu der großen geschwungenen Treppe führen.

Dort stand noch immer die Beamtin. Kate nickte ihr zu und diese schien sichtlich erleichtert, von der Aufgabe entbunden zu sein. Langsam gingen sie nach oben.

In der großzügigen und funktional eingerichteten Küche saßen die drei Jungs um den Küchentisch und starrten Kate und ihre Mutter an.

Kate sagte leise zu Frau Rademacher: „Ich kümmere mich um alles, rufen sie doch ihre Eltern an."

Diese nickte. „Ja, vielleicht sollte ich das tun."

Langsam ging sie hinaus und schloss die Küchentür hinter sich. Kate trat an den Tisch und lächelte den Jungs zu. „Hallo, ich bin Kate und ihr?"

Der Älteste, der gleich aufstand, sah ihr in die Augen. „Guten Morgen. Ich bin Konstantin, das ist mein Bruder Maximilian und das", er deutete auf den Kleinsten, der in einem Kinderstuhl saß und dessen große blaue Augen mit Tränen gefüllt waren. „Das ist Konrad."

Kate strich dem Kleinsten über die Haare und sah auf den Tisch. Jeder hatte eine Schale mit Müsli vor sich, dass sich allerdings in eine undefinierbare Masse verwandelt hatte. Energisch nahm sie die Schalen und räumte sie auf die Anrichte. „Was wollt ihr essen?"

„Nutella Brot", sagte Maximilian und schlug sich sofort die Hand vor den Mund.

„Gut", sagte Kate und öffnete den Kühlschrank.

Konstantin trat hinter sie und zupfte an ihrer Hose.

„Das ist nur am Sonntag erlaubt", raunte er ihr zu, als sie Nutella und Toastbrot auf den Tisch stellte.

Kate sah ihn erstaunt an, dann schüttelte sie den Kopf. „Ich sage einfach, heute ist Sonntag."

Maximilian kicherte, während sein älterer Bruder die Stirn in Falten legte. Zögerlich griff er auch zu einem Brot, das Kate geschmiert hatte.

Schließlich saßen sie zu viert um den Tisch, kauten

schweigend das Brot, während Kate Konrad das für ihn bestimmte in kleine Stücke schnitt.

Als Katja Rademacher in die Küche kam schrak Konstantin auf. „Mama, Kate hat gesagt, heute ist einfach mal Sonntag." Es war dem Jungen anzusehen, das er sich vor den Konsequenzen fürchtete.

Seine Mutter warf einen Blick auf den Tisch, winkte dann aber ab. „Ist schon gut", sagte sie sanft, worauf die Jungs sie alle drei anstarrten. Scheinbar pflegte sie sonst einen anderen Ton anzuschlagen.

„Meine Eltern sind in wenigen Minuten da", sagte sie zu Kate, die begann, den Tisch abzuräumen.

Dabei bemerkte sie den Ranzen im Flur. „Soll ich Konstantin zur Schule fahren?", fragte sie, aber Frau Rademacher schüttelte den Kopf. „Er hat noch eine Stunde Zeit und mein Vater fährt ihn dann."

Es war dem Jungen anzusehen, dass er liebend gern mit Kate gefahren wäre.

In diesem Moment waren Schritte auf der Treppe zu hören. Ein älteres Ehepaar kam herein.

„Mein Gott, Katja", sagte die Frau und streckte ihrer Tochter die Hände entgegen.

Kate hielt es für geraten sich zurückzuziehen. An der Tür drehte sie sich noch einmal um. Keiner der drei Jungs war auf die Großeltern zugelaufen.

Brav blieben sie auf ihren Stühlen sitzen, bis ihr Großvater sie begrüßte.

„Diese Disziplin hatte was völlig unnatürliches", sagte Kate, als sie mit Mike die Liebknechtstraße entlang Richtung Präsidium fuhr. „Das hat Abby schon angedeutet. Die Kinder sind superbrav."

Kate stieß einen undefinierbaren Laut aus. „Das ist ja furchtbar. So etwas habe ich noch nie erlebt."

Mike zuckte die Schultern. Dann sah er zu ihr hinüber. „Und, was glaubst du? Suizid oder nicht?"

Kate setzte sich tiefer in den Autositz. Mit der rechten Hand rieb sie sich über die Stirn. „Die Spuren lassen die Sachlage zu, ja, aber passt das zu Rademacher?"

„Das deutete Omar auch an. Aber er hatte immerhin eine Flasche Whisky hinter, da kann es schon zu einer Kurzschlussreaktion kommen."

Zögernd nickte Kate. „Ja, kann es. Warten wir ab, ob Omar noch etwas findet." Sie bogen Richtung Freiheitsstraße ab.

Im Polizeirevier angekommen, begegnete ihnen Frieder Lein auf dem Flur. „Annalena Heimat ist da, um ihre Aussage zu machen", sagte er und deutete auf Mikes Büro. Dieser runzelte die Stirn. „Das hättest du doch auch aufnehmen können", sagte er, aber Frieder schüttelte den Kopf. „Sie wollte unbedingt auf dich warten." Es war nicht zu überhören, dass er sich etwas gekränkt fühlte.

„Dann komm mit", entschied Mike und zu dritt betraten sie sein Büro, wo Abby mit Steven wartete. „Also hier wird es zu eng, gehen wir in den Beratungsraum", entschied er.

Nachdem sich dort alle gesetzt hatten, sah Mike

142

Abby eindringlich an. „Warum wolltest du unbedingt auf mich warten? Frieder hätte die Aussage auch aufnehmen können," sagte er in ungewöhnlich scharfem Tonfall. Er wollte damit seinem Kriminalanwärter, dessen Arbeit er sehr schätzte, etwas den Rücken stärken.

Abby sah zu Frieder hin und lächelte ihn an. „Hat nichts mit dir zu tun", stellte sie richtig. „Aber ich wollte vermeiden alles mehrfach erzählen zu müssen." Mike runzelte die Stirn. „Was?" Abby holte Luft. „Also, vorhin war ich wahrscheinlich zu aufgeregt oder schockiert oder was weiß ich. Jedenfalls ist mir vorhin bei Steven etwas eingefallen. Als ich heute früh zu der Rademacher Villa eingebogen bin, kam mir ein unbekanntes Auto entgegen. Das ist ungewöhnlich, weil es ja eine kleine Sackgasse ist. Außerdem kenne ich so ziemlich jedes Auto, was dort hinfährt." Jetzt hatte sie die ungeteilte Aufmerksamkeit von allen Anwesenden. „Kannst du dich an den Fahrer erinnern?"

Abby schüttelte langsam den Kopf. „Ein Mann, er trug einen Hoodie und hatte die Kapuze auf. Aber das Auto, es war grün, aber so Armeegrün."

„Ohne Lack", warf Steven ein.

„Marke?", fragte Mike. „Ich denke, ein Ford, älteres Modell, Kombi. Und eine Plauener Nummer, also PL und dann KS, glaube ich, mehr weiß ich nicht."

Mike erhob sich. „Das war schon mal nicht schlecht." Dann wandte er sich zu Frieder um. „So und den Rest machst jetzt du."

Mike hatte erst vor, zu Omar in die Pathologie zu fahren, aber er war sich sicher, wenn dieser etwas Spektakuläres entdeckt hätte, wäre bereits ein Anruf bei ihm gelandet. „Lass uns noch einmal zu Franko Martin fahren", sagte er zu Marianne. Dieser war nach seiner Aussage wieder entlassen worden und wartete jetzt auf seinen Prozess wegen tätlichen Angriff auf Polizeibeamte. Marianne hatte ihn mit hochgezogenen Augenbrauen angesehen.

„Was erhoffts du dir davon? Es sieht derzeit ja wirklich so aus, als sei Rademacher der Täter gewesen und habe jetzt Suizid begangen."

Mike hatte genickt.

Sie legte den Kopf etwas schief. „Aber?", fragte sie.

„Ich habe ein komisches Gefühl bei der ganzen Sache", hatte Mike ihr gestanden.

So parkten sie jetzt unweit von Franko Martins Wohnung und stiegen aus. Kurz vor dem Eingang deutete Marianne nach links.

„Schau mal", sagte sie und Mike traute seinen Augen nicht. Auf einem der zahlreichen Anwohnerparkplätze stand ein dunkelgrüner Ford Kombi.

Er nickte Marianne zu und sie gingen näher an den Wagen heran. Wie Abby ihn beschrieben hatte, war er ohne Lack und auch das Kennzeichen stimmte, zumindest was die Anfangsbuchstaben betraf.

Mike nahm sein Smartphone und rief zwecks einer Halterabfrage an. Dann wandte er sich wieder Marianne zu. „Gehört einem Manuel Kranz, er wohnt…"

„Wollen sie zu mir?" Mike fuhr herum und sah einen

jungen Mann mit blonden Dreadlocks direkt ins Ge-
sicht. Der hielt einen Autoschlüssel in der Hand.
„Manuel Kranz?", fragte Mike und der junge Mann
nickte. „Ja. Und verraten sie mir, wer sie sind?"
Er lächelte ihn und Marianne freundlich an.
Mike zog seinen Ausweis heraus. „Hauptkommissar
Mike Köhler, Kripo Plauen und das ist meine Kolle-
gin Kommissarin Marianne Jäger."
Der junge Mann warf nur einen flüchtigen Blick auf
den Ausweis.
„Bin ich zu schnell gefahren?", fragte er.
Mike merkte, dass diese Frage durchaus ernst ge-
meint war und musste fast lächeln. „Heute Morgen,
so gegen 7.30 Uhr im Westend", nahm er spontan das
Thema auf.
Der junge Mann runzelte die Stirn. „Nein, das kann
nicht sein. Ich hatte Frühdienst, ich arbeite drüben im
Helios." Auch das glaubte Mike ihm, war es doch
ziemlich einfach nachzuprüfen. „Also stand ihr Auto
die ganze Zeit hier?", mischte sich jetzt Marianne ein.
Der junge Mann schwenkte den Kopf hin und her.
„Ich kann höchstens mal Franko fragen, er nimmt das
Auto ab und an mal, wenn er eine weitere Strecke zu-
rücklegen muss. Benzin zahlt er und lässt mir auch
immer noch reichlich drin."
Er klopfte auf die Karosse. „Viel ist ja nicht dran ka-
putt zu machen, aber ich hänge an der alten Dame."
„Sie meinen Franko Martin?", vergewisserte sich
Mike nochmals und der junge Mann nickte. „Ja, er ist
mein Nachbar. Und der ist durchs Westend

145

gerauscht? Das traue ich ihm gar nicht zu, vor allem, dass deswegen hier die K gleich aufschlägt."

Plötzlich wurde seine Miene besorgt. „Er hat doch niemand angefahren, oder?"

Mike schüttelte den Kopf. „Nein, das nicht."

Der junge Mann atmete tief ein. „Also ist es wegen der Sache mit der Schießerei, nicht wahr? Wissen sie, Franko ist ein ganz netter und sanfter Mensch, dem das Leben übel mitgespielt hat. Er hatte nie eine faire Chance, weil er eben nicht wie andere Menschen ist."

Manuel Kranz redete sich regelrecht in Rage.

„Er wollte mit Sicherheit nicht auf die Polizisten schießen, noch dazu mit einem Luftgewehr. Ich bitte sie, die haben doch überreagiert, deswegen gleich das Sondereinsatzkommando anzufordern. Der ganze Hang redet darüber und jeder macht noch etwas dran an die Geschichte. Franko wird doch seines Lebens nicht mehr froh."

Mike sah ihn eine Weile schweigend an, was diesem zunehmend unangenehm schien.

„Was?", fragte er schließlich.

„Die beiden Beamten, auf die Herr Martin geschossen hat, waren wir", sagte Mike schließlich und der junge Mann riss die Augen auf. „Oh…Mist, ich meine, das tut mir leid, ich…" Schließlich verstummte er.

„Wir wussten nicht dass es ein Luftgewehr war, was er hinter der Tür durchgeladen hat und dass es ein Diabolo war, der durch das dünne Türblatt schlug", sagte Marianne ruhig.

Mike gab ihr mit einem Kopfnicken zu verstehen,

dass sie hier fertig waren.

Als sie auf die Eingangstür zugingen, sagte der junge Mann leise. „Sorry, das wusste ich nicht."

Mike hob nur die Hand. Dann deutete er auf die Tür. „Machen sie uns auf?"

Beflissen sprang Manuel Kranz heran und schloss auf. „Und wir wären ihnen sehr verbunden, wenn sie Herrn Martin unser Kommen nicht ankündigen", sagte Mike und Kranz nickte.

Scheinbar hatte er Wort gehalten, denn Franko Martin öffnete nach dem ersten Klingeln. Stirnrunzelnd sah er Mike und Marianne an.

„Ich habe ihnen doch alles gesagt", sagte er leise und deutete ihnen an, hereinzukommen. Diese folgten ihm in den kleinen Raum, der mit Computern und anderen technischem Equipment vollgestellt war. Eine Couch, die zweifellos als Bett diente, war zerwühlt. Scheinbar hatte Martin geschlafen.

„Herr Martin, sie waren heute Morgen gegen 7.30 Uhr an der Villa von Doktor Rademacher, und zwar mit dem Auto ihres Nachbarn Manuel Kranz." Mike ging gleich in die Offensive.

Franko Martin ließ sich auf den Schreibtischstuhl fallen. „Ist das die Zeit, zu der er sich umgebracht hat?", fragte er und sah Mike und Marianne abwechselnd an. Das hätten sie sich denken können, dass Franko Martin, gut vernetzt, wie er war, bereits Bescheid wusste.

„Was wollten sie dort?", fragte Mike, ohne dessen Frage zu beantworten.

Franko Martin holte tief Luft. „Er hat mich gebeten zu kommen."

Mike wechselte einen Blick mit Marianne. „Und warum?"

„Er wollte mich sprechen."

Mike schlug mit der flachen Hand auf den Schreibtisch, ein paar Blätter Papier segelten zu Boden. „Warum? Herrgott, lassen sie sich doch nicht jedes Wort aus der Nase ziehen."

Franko Martin sah ihn erschrocken an. „Er hat mir eine E-Mail geschrieben und mich gebeten, gegen 7.00 Uhr zu kommen, er wolle mir wichtige Informationen zu Kathleen Fischer, Benjamin Haase und Sabine Kaschinski geben."

„Wo ist die Mail?", fragte Mike knapp und Martin ging zu seinem PC. Kurze Zeit später ratterte ein Drucker. „Hier", sagte er und Mike las sie und reichte sie Marianne weiter. „Und dann sind sie hingefahren?"

Franko Martin nickte. „Ja, ich wollte mit ihm sprechen. Ich hatte wirklich gehofft, er kann etwas Licht in diese schreckliche Sache bringen. Aber als ich zu ihm kam, war niemand in der Praxis. Ich habe geklingelt, nichts. Ich habe angerufen, auch nichts, also bin ich wieder abgefahren."

„Haben sie nicht in seiner Wohnung geklingelt?", fragte Marianne, aber Martin deutete auf den Ausdruck, den sie in der Hand hielt.

„Ich sollte nachdrücklich nicht in der Wohnung klingeln."

Sie schaute auf das Schriftstück. Wirklich, dort stand es, sogar unterstrichen. Scheinbar wollte Rademacher es vor seiner Frau verheimlichen das er sich mit ihm traf. „Also sind sie wieder abgefahren?", fragte jetzt Mike. „Ja und auf dem Weg kam mir ein Mini entgegen."

Das war Abby gewesen, also stimmte es zeitlich, was Martin sagte. „Sonst haben sie nichts bemerkt?"

Franko Martin schüttelte den Kopf. „Nein, ich…"

Er stutzte.

„Was?", fragte Marianne.

„Also, als ich kam, ist gerade ein Wagen weggefahren. Ein dreier BMW- dunkelblau."

„Wissen sie auch ein Kennzeichen?", fragte Mike.

Franko Martin nickte.

„Ralf Fischer, den hätte ich nie auf dem Schirm gehabt", sagte Marianne Jäger, als sie in Mikes Auto stiegen.

Der schüttelte den Kopf. „Ich hatte die Hoffnung, die Sache entwirrt sich langsam, dabei verknotet sich alles immer mehr. Beide waren dort, Fischer und Martin. Rademacher begeht zur gleichen Zeit Suizid. So viele Zufälle gibt es doch nicht. Beide, sowohl Fischer als auch Martin, hätten ein Motiv. Fischer wollte seine Frau rächen und Martin alle drei seiner Schützlinge aus der Selbsthilfegruppe."

Marianne ließ sich auf den Beifahrersitz fallen.

„Dann gehen wir davon aus das es doch kein Suizid war?"

Mike legte beide Hände auf das Lenkrad. „Warten wir ab, was Omar und Karsten zu berichten haben. Aber erst fahren wir zu Fischer. Ich will seine Version hören."

Ralf Fischer öffnete den beiden Beamten und sah sie erstaunt an. „Gibt es Neuigkeiten?", fragte er und deutete nach innen. Mike und Marianne traten ein. In dem großzügig angelegten Wohnraum saß ein junger Mann, der sich bei ihrem Eintritt erhob.

Er war so groß wie sein Vater, dem er so ähnelte, dass es sich erübrigte zu fragen, wer er sei. Er wirkte sportlich und gebräunt, was wohl daran lag, dass er erst vor wenigen Tagen aus Neuseeland zurückgekehrt war. Als Mike etwas näher trat sah er, dass der junge Mann erschöpft wirkte. Augenringe zeichneten sich deutlich ab.

„Herr Fischer, haben sie heute Morgen Doktor Rademacher aufgesucht?"

Mike hielt es auch jetzt für geraten, gleich auf den Punkt zu kommen.

Ralf Fischer starrte ihn an. „Was? Ich soll bei Rademacher gewesen sein? Hat er das behauptet?"

Sein Tonfall wurde zunehmend aggressiver. Ihm war anzumerken, dass er stark unter Stress stand und der Name des Psychotherapeuten schien das Fass zum Überlaufen zu bringen.

„Hat dieser Kerl wirklich die Frechheit das zu behaupten?", setzte er nach und sah jetzt auch Marianne Jäger an.

„Nein", sagte Mike ruhig. „Das kann er gar nicht, weil er tot ist."

Eine Weile wirkte Ralf Fischer verdutzt, dann nickte er langsam. „Gut, sehr gut. Ich kann nicht behaupten das es mir sonderlich leid tut. Ich bin nämlich inzwischen überzeugt, dass er den Tod meiner Frau und den anderen beiden Menschen verschuldet hat."

Dass er sich damit selbst ein Motiv gab, schien er nicht zu bemerken. Sein Sohn trat etwas näher heran.

„Pa", sagte er leise, aber mahnend und sein Vater sah ihn an. „Na was? Dieser Kerl hätte schon viel eher aus dem Verkehr gezogen werden müssen, aber das hat sich jetzt erledigt."

Er holte tief Luft und stieß sie geräuschvoll aus. Scheinbar schien er erst jetzt zu realisieren, warum die Beamten bei ihm waren.

„Denken sie, ich habe etwas damit zu tun?", fragte er

jetzt und sah von Mike zu Marianne.

„Ihr BMW wurde heute Morgen gegen 7.30 Uhr dort gesehen."

Fischer starrte Mike entsetzt an. „Was?"

„Ja, sie haben mich schon verstanden. Also, was wollten sie bei Rademacher?"

Pascal Fischer trat neben seinen Vater und legte ihm die Hand auf die Schulter. „Pa…" begann er, wurde aber von ihm sofort unterbrochen.

„Lass nur. Ich war nicht dort. Keine Ahnung wer das behauptet, aber ich war nicht dort."

Mariannes Blick schwenkte zu Pascal Fischer, dessen Gesicht eine ungeheure Traurigkeit ausdrückte.

Langsam ging sie auf ihn zu. „Aber sie, Pascal, sie waren dort, nicht wahr?"

Mike und Ralf Fischer fuhren fast synchron herum und starrten Marianne an, während Pascal Fischer nickte. „Ja, ich war dort", sagte er leise.

Kapitel 15

„Wie ich es bereits vor Ort gesagt habe, an der Suizidtheorie besteht zwar meinerseits ein erheblicher Zweifel, aber die Fakten sprechen dafür. Rademacher war außerdem stark alkoholisiert, und ich meine wirklich stark. Mit 3,3 Promille wundere ich mich, dass er überhaupt noch eine Pistole halten konnte." Omar Amri lehnte sich zurück und schloss sein Tablet. Er sah in die Runde im Beratungsraum des Polizeipräsidiums und in keineswegs zufriedene Gesichter. Lakonisch zuckte er die Schultern. „Tut mir leid, mehr kann ich nicht sagen."

Mike sah zu Karsten Windisch, der nickte. „Leider kann auch ich mich nur Omars Ausführungen anschließen. Auch spurentechnisch können wir derzeit nur von einem Suizid ausgehen. Es gab nur eine Kugel und an der Waffe sind Rademachers Fingerabdrücke, Schmauchspuren inklusive. Wenn es eine Fremdeinwirkung gegeben haben sollte, war es jemand, der das sorgfältig geplant und Rademacher so alkoholisiert hat, dass er keine Gegenreaktionen mehr hatte. Der Blutalkoholwert ist auch das Einzige was mich stutzig macht. Wie konnte er damit so gezielt einen Schuss abfeuern?"

Hier hob Omar die Hand. „Naja, immerhin war Rademacher das, was man in akademischen Kreisen als gepflegten Alkoholiker bezeichnet." Leises Lachen war im Raum hörbar. „Seine Leber war schon etwas angegriffen. Also wäre er wahrscheinlich nicht 100%

mattgesetzt bei dem Alkoholwert!"

Staatsanwalt Doktor Gebhardt sah zu Mike. „Und was ist mit den anderen Verdächtigen, die sich am Tatort aufgehalten haben?" Es war klar, dass er schnell Ergebnisse wollte und das war nicht unbegründet. Die Medien hatten sich wie die Geier auf die Fälle gestürzt und Plauen geriet immer mehr in die Schlagzeilen. Sogar ausländische Sender berichteten davon. Gebhardt stand bei seinem ersten großen Fall als Staatsanwalt mächtig unter Druck.

„Sowohl Pascal Fischer, der Sohn der Toten, als auch Franko Martin befanden sich, unabhängig voneinander, an der Rademacher Villa. Als Martin dort gegen 7.25 Uhr ankam, fuhr nach dessen Aussage Fischer gerade weg. Er selbst fuhr, nachdem Rademache ihm nicht geöffnet hatte, gegen 7.30 Uhr wieder ab, was die Zeugin Annalena Heimat, die Rademacher gefunden hat, auch bestätigte."

„Warum war Pascal Fischer dort?", fragte jetzt Kate, die an der Beratung teilnahm.

Marianne Jäger sah zu ihr hin. „Er hatte, nach eigner Aussage, die ganze Nacht nicht geschlafen, nachdem er abends mit seinem Vater die Theorie diskutiert hatte, dass Rademacher für den Tod seiner Mutter verantwortlich sei. Also nahm er früh den Wagen seines Vaters, der noch schlief und wollte Rademacher zur Rede stellen. Als er vor der Villa stand, so sagte er uns, war ihm plötzlich klar, wie verrückt die Idee war. Also stieg er wieder ins Auto und fuhr weg."

Staatsanwalt Gebhardt sah zu Marianne hin. „Und?

Glauben sie ihm das?"

Sie nickte. „Ja, ich tendiere dazu. Seinem Vater hätte ich in seiner derzeitigen Situation eine Kurzschlussreaktion zugetraut, ihm nicht. Er wirkt auf mich wie ein besonnener junger Mann."

Gebhardt sah zu Mike, der ebenfalls nickte. „Gut, und dieser Franko Martin?" Hier sah er zu Doktor Feigler, der Martin inzwischen begutachtet hatte wegen seines tätlichen Angriffs auf Marianne und Mike. Der Psychiater holte tief Luft. „Franko Martin befindet sich derzeit in einer schwierigen psychischen Gefühlslage. Er fühlt sich bedroht, schlecht behandelt und unverstanden. Sein einziger Halt war diese Selbsthilfegruppe und aus dieser werden drei Mitglieder getötet, ob geplant oder nicht, steht hier nicht zur Debatte. Ich bin überzeugt, dass er nichts mit dem Tod dieser drei Menschen zu tun hat, im Gegenteil, das hat ihn völlig aus der Bahn geworfen. Ich glaube auch nicht, dass er in der jetzigen Verfassung in der Lage wäre, Rademacher unter Alkohol zu setzen und dann zu erschießen."

„Außerdem", hakte hier Kasten Windisch ein. „Außerdem würde das Zeitfenster nicht stimmen, denn seine Ankunft wurde durch Pascal Fischer bestätigt, seine Abfahrt durch Abby Heimat. Selbst wenn ihm Rademacher sturzbetrunken geöffnet hätte, wäre die Zeit zu knapp gewesen, ihn in das Zimmer zu lotsen und ihn zu erschießen."

„Gut", sagte Doktor Gebhardt und erhob sich. „Dann bestätigen wir die Suizidversion."

155

Kate saß in der Bibliothek und sah auf das Hochzeits-
geschenk von Bogdan Serwowitsch. Die Holzplastik
nahm einen besonderen Platz im Haus und, so
musste sie sich eingestehen, auch in ihrem Herzen
ein. Von all den vielen großartigen Geschenken, die
sie bekommen hatten, war dies das, was sie am meisten erfreut und bewegt hatte.
Sie ließ ihren Blick zu den Regalen schweifen. Dort
hatten früher die großen medizinischen Bände der
Vorbesitzer gestanden, die, wie sie lange geglaubt
hatte, ihre Großeltern und Urgroßeltern waren. Sie
hatte die Bände Omar geschenkt, der sicher eher eine
Verwendung dafür hatte. „Weißt du, was das für Ra-
ritäten sind?", hatte er sie gefragt und darauf verwie-
sen, was sie dafür im Internet oder bei einer Auktion
für Preise erhalten könnte. Kate hatte dies als auch
eine Bezahlung seitens des Rechtsmediziners abgelehnt und diese mit Mike nach drüben in Omars und
Jasmins Haus gebracht. Jetzt standen in den Regalen
bevorzugt die Bücher, die sie gern las, Biografien von
Julius Cäsar bis Madeleine Albright, Bücher mit aktu-
ell politischen Themen und historische Fachbücher.
Ein Bereich war Thrillern vorbehalten, die meist Mike
las. Mascha hatte es sich vor dem Kamin bequem gemacht und blinzelte zu Kate hinüber, als diese sich
erhob und mehrere Zettel, auf die sie Namen geschrieben hatte, vor sich auf den Tisch legte.
Diese Art der Visualisierung, die auch Marianne Jäger bevorzugte, hatte ihr schon immer geholfen, den
berühmten roten Faden zu finden. Es waren die

Namen aller, die mehr oder weniger mit dem Tod von Kathleen Fischer, Benjamin Haase und Sabine Kaschinski, aber auch mit dem von Doktor Rademacher zu tun haben könnten. Langsam schob sie die Zettel hin und her, dachte daran, was zu den Besprechungen von Karsten Windisch, Omar und auch von Mike im Einzelnen gesagt worden war. Sie machte sich Notizen, legte diese wieder unter die jeweiligen Namen und lehnte sich schließlich zurück. Mike hatte recht, es war irgendwie verzwickt, viele hatten ein Motiv, aber die Zeit passte nicht. Apropos Zeit. Sie sah zur Uhr. Es ging bereits auf 21.00 Uhr. Mike kam noch nicht nach Hause, er hatte ihr vor gut einer Stunde eine Nachricht geschickt, es würde noch dauern. Staatsanwalt Gebhardt schien den Fall noch heute wasserdicht abschließen zu wollen, um damit zeitnah an die Öffentlichkeit gehen zu können.

Als sie wieder auf die Namen blickte, stutzte sie plötzlich. Natürlich. Ein Name fehlte. Sie ließ sich zurückfallen und schloss die Augen. Wenn sich ihr Verdacht bestätigen würde... Aber wie? In diesem Moment sah sie ein Autolicht aufleuchten, aber langsam vorbeifahren. Sie stand schnell auf, was Mascha mit einem Fauchen quittierte und trat ans Fenster.

„Entschuldigung", murmelte sie in Richtung der Katze, die allerdings bereits wieder die Augen geschlossen hatte. Sie sah, wie Omar seinen Wagen rückwärts in die Garage lenkte. Schnell schnappte sie sich den Hausschlüssel und überquerte die Straße.

Kapitel 16

Kate schritt die Treppen zur Villa der Familie Rademacher hinan. In der unteren Etage, in der sich die Praxisräume von Doktor Rademacher befunden hatten, war alles dunkel und die Jalousien zugezogen.
Sie läutete und es war Katja Rademacher selbst, die ihr diesmal öffnete. Sie trug wie auch drei Tage zuvor ein schwarzes, ärmelloses Etuikleid, das gerade ihre Knie bedeckte.
„Frau Schulz, bitte kommen sie herein."
Sie trat einen Schritt zurück und Kate betrat den Eingangsbereich, der hell erleuchtet war. Katja Rademacher ging vor ihr die imposante Treppe hinauf, sodass Kate einen Blick auf ihre wohlgeformten, trainierten Beine werfen konnte. Für eine Frau, die drei kleine Kinder hatte, war sie bemerkenswert gut in Form.
Frau Rademacher deutete auf das Wohnzimmer.
„Bitte, machen sie es sich bequem. Meine Söhne sind bei meinen Eltern, es ist…" Sie fuhr sich mit den Fingern über die Stirn. „Entschuldigen sie, aber ich weiß nicht, wie ich es ihnen sagen soll. Auch wenn sich Konrad nicht viel um die Kinder kümmern konnte, hingen sie doch sehr an ihm. Jetzt sind sie ja noch zu klein, aber wenn sie eines Tages erfahren, was ihr Vater getan hat…"
Als Kate nichts sagte, winkte Katja Rademacher ab.
„Entschuldigen sie, aber ich rede hier und rede. Darf ich ihnen etwas anbieten? Einen Tee, Kaffee oder ein

Mineralwasser?"

Kate lehnte lächelnd ab. Etwas erstaunt darüber setzte sich Katja Rademacher schließlich Kate gegenüber und sah sie an. „Ich muss sagen, Frau Schulz, ihr Anruf hat mich neugierig gemacht. Es gibt eine neue Entwicklung, haben sie gesagt. Ich denke, die Polizei hat den Fall abgeschlossen? Angeblich sind die Beweise wasserdicht und es besteht kein Zweifel, dass mein Mann der Täter war. Und sein Suizid."

Sie brach kurz ab und schluckte. „Also, es war ja wohl ein Schuldeingeständnis."

Mit einem schnellen Blick hin zu Kate erhob sie sich und lief auf dem weichen Teppich auf und ab.

Kate beobachtete sie. Schließlich lehnte sie sich zurück und rückte ihr helles Schaltuch, das farblich wunderbar zu ihrer Bluse passte, zurecht.

„Ja, das mag die Meinung der Polizei sein. Ich bin anderer Meinung."

Frau Rademacher beendete ihre Wanderung durch das Wohnzimmer und blieb an der großen Couch stehen, das Kates Sitzplatz, ebenfalls eine Couch, aber deutlich kleiner, gegenüberstand. Dort lehnte sie sich auf die breite Lehne und sah Kate neugierig an.

„Ach ja, sind sie das?" Ihre Stimmlage hatte sich um eine Nuance verändert, aber Kate registrierte es.

„Ja, ich glaube nämlich nicht, dass ihr Mann die Taten begangen hat, genau so wenig wie er sich selbst getötet hat."

Katja Rademacher sah Kate eine Weile schweigend an, dann verzog sie ihren Mund. Es war eine

Grimasse, scheinbar konnte sie sich nicht entscheiden, ob sie lachen sollte oder grimmig schauen. Schließlich fand sie sehr schnell ihre Beherrschung zurück und lächelte, genauso bezaubernd, wie sie es sonst tat. „Wer, glauben sie dann, Frau Schulz, hat die Taten begangen? Die Polizei scheint ja eindeutige Beweise zu haben die Konrad belasten, leider, muss ich sagen."

Kate legte die Beine übereinander und lächelte ebenfalls Frau Rademacher an. „Natürlich, denn die Beweise waren ja sehr eindeutig, nicht wahr? Das Video auf Doktor Rademachers Laptop, das falsche Alibi, das sie ihm verschafft haben, seine DNA. Es hat alles gepasst. Zu gut gepasst für meinen Geschmack, Frau Rademacher. Also habe ich mich zwei Dinge gefragt. Wer könnte ein Motiv haben und wer hatte die Gelegenheit, alle Spuren punktgenau zu platzieren. Dabei ist mir nur eine Person eingefallen. Sie."

Katja Rademacher starrte Kate an, dann verzogen sich ihre Mundwinkel nach oben und sie begann zu lachen, laut und ein wenig zu schrill. Mit einem Kopfschütteln und immer noch lachend verließ sie den Raum und kam kurz darauf mit einem Glas Mineralwasser in der Hand zurück. Sie trank einen kräftigen Schluck und stellte es auf dem Siteboard ab.

„Wissen sie, Frau Schulz, das ist das Verrückteste, was ich je gehört habe. Was sagt die Polizei denn dazu?"

Kate stellte beide Beine auf den Boden und zuckte leicht die Schultern. „Ihnen habe ich meine

Beobachtungen noch nicht mitgeteilt. Ich wollte erst mit ihnen darüber sprechen."

Katja Rademacher nickte langsam. „Ich verstehe. Also, ich denke, die Polizei wird ihre Idee." Dabei malte sie Anführungsstriche in die Luft. „Sicher genauso bizarr finden wie ich."

Kate hob beide Hände. „Nun ja, ich denke, wenn sie meine Version hören, werden sie zumindest die Ermittlungen noch einmal aufnehmen und dabei auf einige Ungereimtheiten stoßen."

Katja Rademacher hatte ihre Wanderung durch das große Wohnzimmer wieder aufgenommen. Sie blieb ab und an stehen, nahm einen Gegenstand in die Hand, stellte ihn wieder ab und schaute schließlich sinnend aus dem bodentiefen Fenster. Dann wandte sie sich langsam wieder zu Kate um.

„Warum um alles in der Welt sollte ich das diesen armen Menschen antun? Ich kannte sie ja gar nicht. Und warum sollte ich anschließend sogar noch meinen Mann erschießen?"

Kate spürte ein leichtes Zittern in der Stimme ihres Gegenübers. „Das stimmt so nicht, Frau Rademacher. Sie kannten die drei Toten. Sie waren Patienten ihres Mannes, ja, aber sie wussten, dass ihr Mann sowohl hinter Kathleen Fischer als auch hinter Sabine Kaschinski her war. Während Kathleen Fischer ihn ja abblitzen ließ, hatte er sogar mit Sabine Kaschinski ein kurzes Verhältnis, bis auch sie begriff, dass sie nicht die Einzige war. Aber ihr Mann tröstete sich schnell mit seiner Assistentin, Anna Simon, nicht wahr?

Stand sie als nächstes auf ihrer Liste?"

Als Katja Rademacher schwieg, fuhr Kate fort. „Benjamin Haase. Ja, er war nur zur falschen Zeit am falschen Ort. Er hat für ihren Mann das ganze IT gemacht und war bei einer Wartung über das Video von Kathleen Fischer an der Syratalbrücke auf ihrem Laptop gestolpert. Das war eine dumme Geschichte und von ihnen nicht so geplant, also mussten sie etwas improvisieren. Sie haben ihm irgendeine rührselige Geschichte erzählt, wie ihr Mann das Video ihnen unterschieben wollte. Aber Haase hätte das ganz leicht überprüfen können, schließlich war er ja der Fachmann auf dem Gebiet. Sie mussten schnell handeln. Dabei spielte es ihnen in die Karten, dass sie wussten, dass er eine Klaustrophobie hatte. Sie haben ihn mit Pizza und Cola bewirtet und dann betäubt. Die Kiste hatten sie aus dem Bestand ihres Mannes, der ja bereits solche fragwürdigen Experimente gemacht hatte, allerdings machten die Probanden mehr oder minder freiwillig mit. Also konnte sie hier schneller agieren als bei Frau Fischer und Frau Kaschinski. Sie wollten alles ihrem Mann in die Schuhe schieben. Aber als auch er sie in Verdacht hatte, da haben sie ihn erschossen."

Katja Rademacher lachte auf und begann, ganz langsam zu applaudieren.

„Also wirklich, Frau Schulz, ihre Fantasie ist ja bühnenreif. Ich soll all die Leute überwältigt haben, einschließlich meinen Mann?"

Sie setzte wieder die >ich-bin-ja-nur-eine-kleine-

162

Frau-Miene< auf, aber Kate schüttelte nur den Kopf.

„Sie, Frau Rademacher, sind absolut dazu in der Lage. Sie sind durchtrainiert, immer noch. Schließlich waren sie vor ein paar Jahren im Freeclimbing auf Weltniveau. Ich habe auch ein bisschen recherchiert. Respekt."

Die Frau schwieg und sah sie immer noch mit einem fast unschuldig zu nennenden Blick an. Dann schüttelte sie langsam den Kopf und ging wieder zu dem Sideboard, an dem sie ihr Glas abgestellt hatte.

„Wirklich, eine blühende Fantasie", sagte sie und kam wieder in die Mitte des Raumes, blieb neben Kates Sitzplatz stehen und atmete langsam aus.

„Ach, Frau Schulz", sagte sie. „Was ist eigentlich ihre größte Angst?"

Kate sah zugegeben verwirrt zu ihr auf, als sie eine Spritze auf sich zurasen sah, die direkt auf ihren Hals gerichtet war.

Omar fuhr mit den Fingerspitzen direkt über Kates Hals. Mike beugte sich ebenfalls nach unten und besah sich Kate, die schräg über dem Couchpolster hing. „Genau an der Carotis. Naja, sie hat ja medizinische Grundkenntnisse", murmelte Omar.

„Kann ich mich jetzt vielleicht wieder vernünftig hinsetzen", sagte Kate und reichte in Mikes Richtung ihre Hand. Er ergriff sie und zog sie nach oben. Omar brummte etwas missbilligend, weil er jetzt seine Finger von Kates Hals nehmen musste.

„Holst du mir bitte ein Glas Wasser?", fragte Kate leise Mike und der nickte.

Das elegante Schaltuch, dass sie heute getragen hatte, lag am Boden und so konnte man, allerdings auch erst auf den zweiten Blick, die hautfarbene Schutzmasse erkennen, die Omar Kate genau für diesen Auftritt anmodelliert hatte. Mit stolz geschwellter Brust betrachtete er die nur winzige Schramme, wo die Kanüle der Spritze abgeprallt war.

Der gesamte Raum war mit Glassplittern übersät. Von dem bodentiefen Fenster, an dem einige Minuten vorher Katja Rademacher gestanden hatte, war nur noch im Rahmen vorhanden. Die Besitzerin dieser wundervollen Villa saß mit Handfesseln auf einem Stuhl und betrachtete die beiden Beamten, die sie bewachten, mit hasserfüllten Blicken.

Jetzt schwenkte sie ihren Blick zu Kate. „Das wird ein Nachspiel haben, sie Privatschnüfflerin. Sie dringen in mein Haus ein…"

„Katja. Kein Wort mehr." Ein Mann in mittleren

164

Jahren, trotz der späten Stunde korrekt gekleidet mit Anzug und Schlips, war in den Raum getreten. Er sah von dem zerstörten Fenster zu Katja Rademacher und dann zu den anderen Personen im Raum.

„Wer ist der leitende Ermittler?", fragte er und spätestens jetzt war allen Anwesenden klar, dass es sich hier um den Anwalt der Familie handeln musste.

Mike, der gerade aus der Küche mit einem Glas Wasser kam, das er Kate reichte, trat auf ihn zu. „Guten Abend, Herr Doktor Schlott"

Der Anwalt nickte. „Herr Hauptkommissar Köhler. Ich kann nicht gerade sagen, dass ich erfreut bin, sie hier zu sehen. Im Übrigen, muss das sein?", fragte er und deutete auf Katja Rademachers Handfesseln.

Mike deutete ihm, mit ihm nach nebenan zu gehen. Seine Mandantin fuhr auf, allerdings drückte einer der Beamten sie zurück auf den Stuhl. „Nimm die Pfoten weg", fauchte sie ihn an.

„Katja", sagte der Anwalt etwas vorwurfsvoll und sofort verfiel sie wieder in ihre Rolle als harmlose kleine Frau.

„Bitte, Fred", sagte sie mit einem herzzerreißenden Augenaufschlag. Der Anwalt nickte ihr begütigend zu. „Einen Moment, ich bin gleich wieder bei dir. Bis dahin, kein Wort." Er folgte Mike in die Diele.

„Also?", fragte er fordernd, aber dennoch höflich.

„Frau Rademacher wird verdächtigt, am Tod von drei Menschen schuldig zu sein und darüber hinaus ihren Mann erschossen zu haben und es wie einen Suizid aussehen zu lassen."

Der Anwalt starrte ihn an, dann zog er die Stirn in Falten. „Und auf diesen bloßen Verdacht hin stürmen sie das Haus meiner Mandantin und legen ihr Handfesseln an. Also das wird…"

Mike hob seine Hand. „Bitte lassen sie mich fortfahren. Frau Schulz, von Schulz Security, die ebenfalls ermittelt, wurde von ihrer Mandantin hier angegriffen. Wie bei allen Opfern sollte auch sie mittels Spritze in den Hals betäubt werden. Was dann mit ihr geschehen sollte…" Er zuckte die Achseln und schwieg. Mike sah, dass der Anwalt das von ihm gesagte erst einmal für sich einordnen musste.

„Also gut. Dann ist diese Frau Schulz also verletzt?" Mike schüttelte den Kopf. „Ihr Hals war durch eine Plastik geschützt, die Spritze daher unbrauchbar geworden. Aber sie wird gerade kriminaltechnisch untersucht."

„Und warum bitte hatte Frau Schulz diese Plastikhalskrause, oder wie sie das nennen wollen?"

„Es war alles mit uns abgestimmt. Frau Schulz arbeitet als externe Beraterin für die Polizei und im Übrigen, ein erneuter Hausdurchsuchungsbeschluss liegt vor." Er reichte dem Anwalt das Schriftstück, was dieser überflog. Bei der Unterschrift blieb er hängen. „Wieder Doktor Konstantin Gebhardt, der neue Herr Staatsanwalt. Konnte ich mir denken, auch, dass er sich profilieren will", sagte er bissig und Mike zuckte nur die Schultern. „Das klären sie bitte mit ihm selbst", sagte er betont ruhig.

Der Anwalt nickte kurz und machte sich zurück auf

den Weg ins Wohnzimmer. Auf halben Weg blieb er stehen. „Aber das zerstörte Fenster erklärt das alles nicht."

Mike verzog geradezu zerknirscht das Gesicht. „Ja, das war ein Irrtum. Also, wir haben vorn geklingelt, ganz vorschriftsmäßig. Aber ein Mitarbeiter von Frau Schulz hat durch das Fenster beobachtet wie seine Chefin angegriffen wurde. Als Security-Mitarbeiter hat er natürlich sofort reagiert. Über die Angemessenheit ist noch zu befinden."

Der Anwalt stieß ein Schnauben aus. „Hören sie bloß auf, ich ziehe doch nicht die Hosen mit der Beißzange an." Er machte eine abfällige Handbewegung und ging ins Wohnzimmer.

Mike sah ihm grinsend nach. Ganz gleich, welche Register Doktor Schlott noch ziehen würde, dank Stevens und Frank Keilwerts brillanter Recherchen und dem Angriff auf Kate konnte er den Kopf seiner Mandantin nicht mehr aus der Schlinge ziehen. Aber das wusste er leider nur noch nicht. Im Flur traf er auf Matthew Fisher, der mit gelassener Miene das ganze Chaos um sich herum verfolgte. Mike reichte ihm die Hand, die dieser zögernd ergriff. „Das war ganz klasse, danke nochmal." Matt grinste etwas und nickte. „Ich spiele weiter den nur schlecht deutschsprechenden Rambo?", fragte er leise und Mike musste aufpassen, nicht laut aufzulachen. Er klopfte dem Ex-Marine fest auf die Schulter. „Guter Junge", sagte er und ging wieder hinein zu Kate und Omar.

Kapitel 17

Wieder einmal schien die ganze Straße ausgestorben, mit Ausnahme des Hauses der Familie Amri -Weidner. Dort brannte in allen Räumen Licht und über der Eingangstür prangte eine riesige, goldene 50.

„Oh je, das steht mir auch noch bevor", stöhnte Mike theatralisch auf, als er mit Kate die Stufen zum Aufgang hinaufstieg.

Kate streichelte über seinen Arm, in dem er einen großen, festlich verpackten Karton hielt. „Aber ich liebe dich auch noch, wenn du ein alter Mann bist", raunte sie ihm zu, was er nur mit einem Kopfschütteln quittierte. Kaum waren sie oben angekommen, als Ernst Winter die Tür aufriss. Wie immer hatte er die Rolle des Empfangschefs übernommen, die er gerne und mit vollem Einsatz ausfüllte.

Nachdem sie den großen Flur betreten hatten, wurden sie von der Geräuschkulisse fast erschlagen.

„Hier steppt ja echt der Bär", meinte Mike und gemeinsam mit Kate betraten sie das riesige Wohnzimmer, das normalerweise durch eine Schiebetür in zwei Zimmer geteilt war.

Hier stand an einer Seite ein großes Büfett, von dem sich alle Gäste bedienen konnten. Bereits aus der Entfernung sah Kate neben arabischen Köstlichkeiten, die sicher Omars Mutter und seine Schwester zubereitet hatten, auch kleine Canapés, Salate und ähnliches. Niemand würde heute dieses Haus hungrig verlassen, aber wann war das bei Amris jemals so gewesen?

168

„Omar", rief Herr Winter über den Geräuschpegel hinweg. „Katherina und Mike sind da."

Kurz darauf erschien der Gerufene, heute ganz in weiß gewandet. Neben ihm, in einem taubenblauen, bodenlangen orientalischen Gewand, Jasmin. Trotz der wallenden Seide war ihr Schwangerschaftsbauch unverkennbar und die Länge des Kleides versteckte die geschwollenen Fußknöchel, unter der sie seit einiger Zeit litt. Daher trug sie auch, statt der sonst bevorzugten High Heels, „orthopädische Quadratlatschen", wie sie es selbst augenzwinkernd kommentierte. Aber insgesamt wirkte sie frisch und ausgeruht und der ganze Trubel schien sie eher zu aktivieren als zu belasten.

Kate umarmte Omar fest und musste dann das Paket halten, damit er auch Mike in eine Umarmung ziehen konnte. Schließlich führte er sie in eine Ecke, in der ein Tisch mit allen Geschenken stand und Kate sah auffordernd auf den Karton.

„Pack schon aus", forderte sie ihn auf und er kam der Aufforderung nach.

„Ihr seid verrückt", sagte er mit belegter Stimme, als er die signierte Erstausgabe eines Pathologischen Werkes von 1898 in den Händen hielt, das Kate auf einer Auktion ersteigert hatte.

„Na danke schön", antwortete Kate augenzwinkernd und Jasmin nickte ihr grinsend zu. Sie hatte bereits im Vorfeld gewusst, was Mike und Kate ihrem Mann zu dessen 50. Geburtstag schenken würden.

Schließlich gingen sie, nachdem sie wieder aus

Omars Dankesumarmung herauskamen, hinüber zu
den anderen Gästen. Kates jetzige und ehemalige
Mitarbeiter waren ebenso alle eingeladen wie, zu
Mikes Erstaunen, Bogdan Serwowitsch, Plauens Bor-
dellkönig. Dann Omars gesamte Familie, die schon
allein das Haus hätte füllen können, Mitglieder seiner
Gemeinde, Kollegen aus dem Krankenhaus wie der
Psychiater Doktor Feigler, seine Assistentin Kerstin
Nagler sowie die Nachbarn Ernst Winter und Margarete König. Obwohl die meisten Anwesenden, aus
welchen Gründen auch immer, keinen Alkohol tran-
ken, war die Stimmung am Kochen.
Unterstützt wurde das Ganze durch eine Liveband,
die sowohl orientalische Musik als auch Rock und
Pop zum Besten gab.
Gerade gaben Abby und Steven einen fast schon pro-
fessionellen Rock 'n Roll auf der Tanzfläche zum Besten, der von den Umstehenden mit Klatschen und
Bravorufen kommentiert wurde.
Nach einer Weile ging Kate mit ihrem Glas selbstge-
machter Limonade in die Küche, in der Omars Mutter gerade eine neue Platte hergerichtet hatte und sie
als erstes Kate auffordernd hinhielt. Diese nahm ein
Häppchen, weil sie wusste, dass Frau Amri sonst tief
gekränkt gewesen wäre und schlenderte den Flur
hinunter in Richtung der Bibliothek, die sich Omar
hier eingerichtet hatte.
Dort stand er mit Mike, jeder mit einem Glas und einem Teller mit Häppchen in der Hand und sprachen
leise über den abgeschlossenen Fall. Sie hielten in

ihrem Gespräch inne, als sie die Schritte hörten, fuhren aber fort, als sie sahen, dass es Kate war, die sich näherte.

„Auf Anraten ihres Anwalts hat sie die Taten insofern gestanden, dass sie Kathleen Fischer, Benjamin Haase und Sabine Kaschinski nicht töten wollte. Sie hätten eine Chance gehabt und sich befreien können", führte Mike gerade aus.

Omar stieß ein Schnauben aus, sagte aber nichts.

„Sie wollte ganz gezielt den Verdacht auf ihren Mann lenken", fuhr Mike fort. „Es war ja allgemein bekannt, dass er derartige Experimente in seiner Konfrontationstherapie durchführte. Also hat sie alles genau so dargestellt, als seien es seine Experimente."

„Und gibt sie den Mord an ihrem Mann zu?"

Kate hatte sich in einen der Sessel gesetzt und sah zu den beiden Männern hin, die noch immer standen.

Mike lächelte etwas. „Ihr blieb nichts weiter übrig, nachdem Frank gemeinsam mit Steven nachgewiesen hatte, dass sie nicht nur das Video von Kathleen Fischer auf seinem Laptop platziert hatte, sondern auch Franko Martin zur Tatzeit per E- Mail zum Haus gelockt hatte. Damit wollte sie, falls man doch den Selbstmord an Doktor Rademacher in Frage stellen sollte, einen potenziellen Kandidaten haben. Martin hatte ein Motiv, das stand außer Frage."

„Aber warum?" Omar schüttelte den Kopf.

Kate sah zu ihm hin. „Katja Rademacher kam aus einfachen Verhältnissen, wurde aber seit ihrer Kindheit auf Leistung getrimmt und darauf, einmal in sogenannte bessere Kreise aufzusteigen. Zu einem Medizinstudium reichte es nicht, aber sie hatte eine Ausbildung zur medizinisch-technischen Assistentin abgeschlossen. So lernte sie auch Rademacher kennen und der war von ihr angetan, so angetan, dass er sie heiratete. Während sie vom sozialen Aufstieg und einem Leben an der Seite eines erfolgreichen Mannes träumte, sah er in ihr nur die Gebärerin seiner Kinder. Irgendwann wurde ihr das auch schmerzhaft klar, aber da war es zu spät. Sie saß da mit drei kleinen Kindern und Rademacher betrog sie nicht nur nach Strich und Faden, er machte ihr bestimmt auch immer wieder klar, dass sie im Falle einer Scheidung mit nichts dastehen würde. Ihre Eltern waren ihr da auch keine Unterstützung, im Gegenteil. Sie begann Rademacher schließlich zu hassen, so sehr, dass sie zum Äußersten ging."

„Also eines muss man ihr lassen, klug eingefädelt und durchgeführt hat sie es", sagte Omar nach einer Weile.

Kate nickte. „Trotz allem, man sieht mal wieder, es gibt es nicht, das perfekte Verbrechen."

Mike blinzelte zu ihr hinüber. „Zumal, wenn man es mit einer ehemaligen FBI Agentin zu tun hat."

Kate hob ihr Glas. „Das, kombiniert mit einem kreativen Rechtsmediziner und einem klugen Hauptkommissar, einfach unschlagbar." Alle drei lachten auf.

Omar deutete in Richtung Tür. „Wir sollten wieder hinüber gehen, obwohl die scheinbar genügend Spaß auch ohne uns haben."

Nachwort:

Die von mir geschilderten Geschichten, Einrichtungen und Menschen sind fiktiv. Allerdings sind die Straßen und Plätze in und um Plauen real.

Real ist auch die Plauener Neue Kaffeerösterei und ihr Besitzer Daniel, der so freundlich ist, mir zu gestatten, Teile meiner Geschichten in seinen Räumen anzusiedeln.

Danke an meine Mädels vom „Club der alten Hennen" Andrea und Bärbel, die mir bezüglich des „Augenlider-Annähens "medizinisch fachliche Tipps gaben.

Danke auch an Jacqueline Palme-Möckel für das Titelbild mit dem Motiv der Syratalbrücke.

Und natürlich wieder ein besonders herzliches Dankeschön an meine treuen Leserinnen und Leser!

Zur Autorin:

Annette G. Krupka wurde in Plauen geboren.
Sie besuchte hier die Schule, lernte Krankenschwes-
ter, studierte später Pflegemanagement, erwarb einen
Masterabschluss und ist als freiberufliche Unterneh-
mensberaterin tätig.
Heute lebt sie in einer Thüringer Kleinstadt und hat
ein Fachbuch zum Thema Pflege veröffentlicht.

„Phobie" ist der elfte Teil um die ehemalige FBI-
Agentin Kate Schulz. Bisher erschienen sind:
Lebensborn
Golem
Entführt
Methusalem
Filmriss
Virus
Engelsflug
Würgemale
Verlassen
Culpa
Weitere Folgen sind geplant.

Nach England und Schottland entführt die Reihe um
Jane MacKenzie und Detective Inspektor Peter
Brown.
Bisher erschienen sind:
Der Hyde Park Mörder
Die Rache der Kali

Auch hier wird es weitere Folgen geben.

Liebe Leser, danke, dass Sie Kate Schulz bis zum Ende des elften Falles gefolgt sind.

Sind Sie neugierig, wie es weiter geht mit Kate Schulz???
Bald ist es so weit:

Kate Schulz 12 – „Stollentod" -

Mitten in Kates Lieblingskaffeerösterei fällt eine ältere Dame bewusstlos vom Stuhl. Professor Omar Amri, forensischer Pathologe, ist mit Kate zufällig vor Ort und leistet Erste Hilfe. Was wie ein Herzanfall aussieht, wird von Omar schnell am typischen Bittermandelgeruch als Zyankalivergiftung identifiziert. Leider kann er der Frau nicht mehr helfen, sie stirbt noch vor Ort. Aber wie kam sie zu dem Gift? Schnell wird klar, das Stück Stollen, das zum Kaffee serviert wurde, war damit präpariert.
Als es weitere Vergiftungsfälle und sogar einen weiteren Todesfall gibt, ermittelt fieberhaft die Polizei. Geht hier jemand so weit, den potenziellen Kandidat für den begehrten "Stollenoscar" auf diese Weise aus dem Rennen zu drängen? Nicht nur Hauptkommissar Mike Köhler ermittelt, auch Kate Schulz, allerdings in eine ganz andere Richtung.

„Das ist ja heute ein Betrieb", sagte Omar, als er mit Kate die Kaffeerösterei betrat. Daniel, der Besitzer, sah kurz zu ihnen hin, während er bereits neue Tassen unter die Kaffeemaschine schob.

Mit dem Daumen deutete er auf einen freien Tisch, auf dem ein *BESETZT* Schild stand. Alle anderen Sitz- und Stehplätze waren besetzt und andere Kunden standen, dick in Mäntel und Schals eingehüllt, vor dem Kaffeeregal, um ihre Advents- und Weihnachtsvorräte aufzufüllen.

Es dauerte keine fünf Minuten, als vor Kates Nase ein Cappuccino und vor Omar eine Kanne Kaffee stand. Daniel stellte die holzeingefasste Eieruhr neben Omars Kaffeekanne und der nickte.

Dann sah Daniel Kate an. „Wollt ihr was essen?"

Diese grinste. „Was fragst du mich? Ihn musst du fragen", sagte sie und zeigte auf Omar.

Der lachte. „Na, was empfiehlst du uns denn?"

„Eben kam Stollen aus der Konditorei Flott, der neue Marzipanstollen soll ja ganz große Klasse sein", sagte er mit einem Augenzwinkern. „Also gut, dann her damit." Omar sah Kate an, die nickte. „Ich habe auch schon drei Stollen bei ihm bestellt. Zwei davon schicke ich nach Israel zu meiner Tante. Weißt du, dass Heiko Flott für den diesjährigen Stollenoscar vorgesehen ist?"

Daniel stellte ihnen gerade zwei Stücken hin und hatte die letzten Worte gehört. „Ja und das ist schon was für einen absoluten Newcomer. Er hat ja seine Konditorei erst seit vergangenem Jahr."

Omar nickte anerkennend und besah sich das Gebäckstück. „Dann sind wir faktisch deine Erstverkoster?", sagte er und Daniel schüttelte den Kopf.

„Nein, die Dame war eher."

Er deutete auf den Nachbartisch, wo eine alte Dame um die achtzig, gemeinsam mit einer ungefähr gleichaltrigen Frau, gerade von ihrem Stollenstück abgebissen hatte und wohlwollend nickte.

„Schmeckt er, Frau Habicht?"

Die Frau wandte sich etwas um. „Wunderbar. Er passt auch gut zu dem Kaffee, er…"

Der Rest des Satzes ging in einem Hustenanfall unter, dann griff sich die Frau an die Kehle und röchelte.

„Maria", rief ihre Begleiterin erschrocken, aber da war Omar schon aufgesprungen. Die alte Dame glitt vom Stuhl und schlug auf dem Fußboden auf.

„Ihr Herz", schrie die Begleiterin, als Omar sich neben sie kniete und ihren Kopf nach hinten streckte.

Kate war ebenfalls aufgesprungen und stand neben ihm.

„Er ist Arzt", sagte sie laut genug, dass alle es verstehen konnten. Dann nahm sie ihr iPhone und rief die Rettungsleitstelle an. Omar hatte mit der Herzdruckmassage begonnen und hielt plötzlich inne.

Er beugte sich ganz nahe an ihren Mund, ging zurück, dann noch einmal, hob den Kopf und rief in den Raum: „Hören sie alle sofort auf zu essen und zu trinken."

177

Die Anwesenden, einschließlich Daniel, starrten ihn an. Sein Blick schwenkte zu Kate. „Ruf Mike an."

Diese nickte nur und er ergänzte: „Der typische Bittermandelgeruch, es ist eine Zyankalivergiftung."

Er setzte die Herzdruckmassage fort, obwohl um ihn herum die Panik ausbrach.

„Was? Vergiftet?", rief eine junge Frau hysterisch und stieß gegen ihre Kaffeetasse, dass diese auf dem Boden zerschellte.

„Bleiben sie ruhig", herrschte Kate sie an und stellte sich an die Tür. „Bitte bleiben sie alle an ihren Plätzen. Niemand verlässt den Raum."

Draußen ertönte bereits das Martinshorn des nahenden Rettungswagens.

Kate trat nur zur Seite, um die Rettungssanitäter einzulassen, denen ein Notarzt folgte.

Dann sah sie zu Daniel. „Schließ zu", sagte sie und dieser ergriff leicht zitternd den Schlüsselbund und kam wortlos ihrer Aufforderung nach.

„Das dürfen sie nicht, das ist Freiheitsberaubung", ging die junge Frau in der farbig gestreiften Bommelmütze Kate an und begann, an der Tür zu rütteln.

Ein junger kräftiger Mann griff nach ihrer Hand und zog sie vom Türgriff. „Jetzt ist aber gut."

Seine tiefe Stimme dröhnte in dem Raum, aber erfüllte seinen Zweck, die Frau trat an ihren Tisch zurück, während Daniel mit Schaufel und Besen begann, die Reste zusammenzukehren.

„Nichts wegwerfen", raunte Kate ihm zu und er nickte.